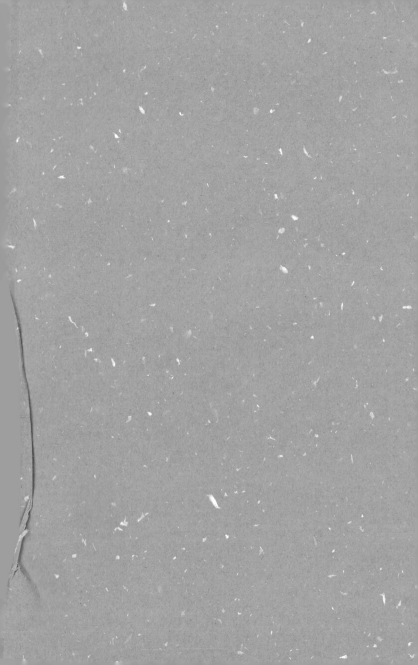

噴火のあとさき

大浦ふみ子

光陽出版社

噴火のあとさき——目次

谷間にて

谷間にて

一

朝食後の紅茶をいれる三谷洋平の耳に、薊《あざみ》川で鳴く雨蛙の声が届く。今日は降りそうだな。独り言ち、窓の向こうの曇り空を見上げながら、自分がほんとうに末期がんだったら、どういう死に方をするのだろうか、と思う。

まさに死なんとする時、痛みのために七転八倒するのは嫌だ。これだけははっきりしている。人間らしさを失った状態で長々と生かされるのも真っ平だ。なら、自分はどういう死に方を望んでいるのだろうか。どんな死に方を選べるのだろうか。

　あれこれ考えていて、ひとつの方法がさっき浮かんだ。それで三谷はためらっていた。彼を訪ねてそのことを持ちだすか。それとも、やめるか。

　それというのも三谷は数日前、少し量の多いどろっとした鼻血が出た。おまけに顔の左半分がかなり腫れ上がっているのに気づいた。大いに気になったがその後、耳鼻科の診察は受けず、改まった養生もしていない。子どもの頃副鼻腔炎（蓄膿）の手術をして、その後も治らず術後性頬部嚢腫《のうしゅ》に悩まされた。二十代の終わりに上唇をまくり上げての手術を二度おこない、それで根治したと思っていた。

　この年になって、こんどは鼻のがんなどということになれば、いかにも陰惨な気がするので無視しているわけだ。あと二年で、「後期高齢者」と呼ばれるきわめて差別的で嫌味な含意のある年齢、七十五歳になる。それでも昨日、やはり気になって、勤めている病院でいくつかの検査をした結果、右の肋骨の一本が融解しかかっているのが見つかった。それを見て動転した。ほうれ、見ろ。もう、転移だ。そして原発巣は副鼻腔かもしれない、と思った。もちろん前立腺や甲状腺がんの疑いもぬぐえないが、骨転移してしまえば、手術をしてもほとんど希望がない。抗がん剤による化学療法や放射線治療を試みるしかない。こうなったら、まだ頭が働くうちに身の始末の段どりをしておかなければならない。

身の始末……。三谷は、生きていてもしかたがないと感じるような、そのような心身の状態になったら、さっさとこの世から消えたい、と若い頃から思っていた。その時は苦しまないで、いちじるしく外見を損なわない姿で逝きたいとも望んでいた。そしてその始末を実際に頼んだ友人がいた。大学の同期で幼なじみでもある下砂《しもさご》和人だ。

「……こんなことを頼めるのは、きみしかいない。よろしく頼む」

その台詞を発したのは何とも遠いアフリカの地、トゥルカナの星に射竦められながらだったから、そう、もう四十二年も前のことになる。崎陽大学の医局からともにその地に派遣され、現地の患者の診療や研究にあたっている時だった。その時下砂はただ笑っていたが、否定はしなかった。その頼みを彼はまだ覚えているだろうか？　とにかくまずあいつに会ってみよう。そう決めると、それまで胸のあたりに澱んでいた体液の流れがやにわに活発になるようだった。下砂は隣市の住宅地で奥さんとともに開業している。

二

「ちょっと気になるところのあったけん、レントゲンば持ってきたとさ。どうも、これ、メタ（転移）のごたっ。どうね？」

下砂と話す時は、お互いの郷里の佐世保弁がつい出てしまう。

下砂は、眼鏡を外しレントゲン写真に目を近づけたり遠ざけたりしていたが、

「おれはアフリカの太陽ば浴びすぎたせいか、最近、白内障が進んでね、こいじゃ、はっきりわからん。骨折の跡のようにも見ゆっし、腫瘤《しゅりゅう》の形成しかかっとるごともある。どっちにしたってまず精査ば受けてみんばたい」

と言った。痛みとかの自覚症状がまだないのなら、たいしたことはないのかもしれない、ともつけ加えた。それはそうだ、と三谷も思った。CTや、PETなどの撮影は来週にも受けるつもりでいる。

ちょうど昼食時とあって、外に出た二人は病院の近くのうなぎ屋に入った。久しぶりに会ったので、話はあれこれ弾む。

「鼻のがんが心配って？　うん、確かに頬が腫れてるよ。三谷はそういや、子どもの時から鼻が悪かったもんね」

下砂はからかうように言う。鼻づまりのせいか、いつも口をぽかんと空けていた。左頬をしょっちゅう腫らして、顔の左右の表情が、がらっと違って見える日があった。右半分は怜悧《れいり》で優しそうな美少年なのに、左半分は奥まった目に苛立ちの滲む野性の獣のようだった。子どもの目にはその不均衡が時に不思議なものとして映り、抜群の学業成績とも相まって近寄りがたい印象を受けていた……。

「そういうきみを身近に感じ始めたとは大学に入ってからたい」と下砂は続ける。

二人には共通点があった。

自分は医者には向かない、と思っていたのに、はからずもこの道に入ってしまったことがそのひとつだ。下砂としては芸大に行って彫刻の勉強をしたかったのに、病院長だった父が許さず、医学部に入らされた。また母子家庭だった三谷は、大学に行くのにさる篤志家の医師の援助を受けたのだが、その病院で将来働くことを条件とされた。ほんとうは土木工学科に行き橋梁設計を夢みていたのにである。結果としてその篤志家の娘と結婚、生涯縛られることにもつながったのだった。

「そして、もうひとつ。これはきわめて口にはしがたいことだが……」

ここで下砂は言葉を途切らせ、ちょっとためらうふうだったが、やにわにきっとした目をこちらに向け、言ってのける。

「自分を生んだ母親のことで、お互い悩んどった。そうやったよね」

念を押され、三谷はすぐには答えられない。そういえば、そんな話を下砂としたことがあった。もちろん酒を飲みながらであるが、じつは自分は妾が生んだ子だったという出生の秘密を下砂が思いつめた表情で明かしたことがあった。そんなこと、気にするなよ、と慰め、三谷も、自分が婚外子であることをその時語ったのだった。日頃、まったくそのことを気にしていないつもりだったが、下砂の嘆きを聞くうち、鏡に映った自分のほんとうの心を見せられたような気がした。

母が明かしたところによると、母が三谷を孕《みご》った時、一時は子堕しを考えたという。ところが悩んでいるうちに産み月がきてしまった。そしていざ産んでみて、その始末に困った。祖母は三谷を背負って親戚や知人の家を頼んでまわった。

「この赤ん坊ば、もろうてくれんね」

しかし、見るからに弱々しそうな赤ん坊だったせいか、もらって育てようという者はいなかった。母はやむなく和服の仕立てなどをして女手ひとつで三谷を育てた。

「ぼくは、母が望まん子やったとさ」

三谷がそう言って唇をかみしめると、下砂は、泣きそうにさえ見える表情でじっとそれまで聞いてくれていたが、ゆるゆる顔を上げると、こう言って嘆いたのだった。

「それでもきみの方はまだ良か。側に置いて育ててくれたとやもん。それに比べ、おれは母親の顔も知らん。親父に聞いても、死んだと思って会うなと言うばかり。おれを愛していたのかどうか、問うこともできん……」

うなぎを口に運びながらしばらく二人は無言だった。三谷は、そのことをどう切り出そうかと迷う。食後のデザートを待つ間に、やおら口を開く。「そう。お前との仲は昨日や今日のことじゃなかよね。それに、ぼくたちの共通点といえばさ、もうひとつ、もっとブリリアントで原始的なものがあるやろ？　ほら、アフリカの光に魅せられたっていう」

三谷の言葉に、下砂のくすんだ表情が、ぱっと明るくなったように見えた。

「おう、おう、それを忘れちゃいかんよな。そういえば明日は、トゥルカナ会の飲み会だが、もちろん来るよね」こちらの顔を注視しつつ訊く。

「えっ？　そうだっけ？　ああ、行くさ、もちろん」

三谷はそのことをすっかり失念していたのだが、あわててそうとりつくろった。

トゥルカナ会とは、アフリカへの医療支援でケニアに行った者が集う親睦会の名称だ。二年に一度くらい集まって、談論風発を楽しんでいる。なぜトゥルカナ会か、と聞かれれば、そこに生きる人々に魅せられたから、としか言いようがない。三谷は遠い所を見る目つきになってしばしその地をしのぶ。

仮借ない太陽がぎらぎら照りつける半砂漠地帯トゥルカナは、アフリカ大地溝帯最北部の断崖の谷間にあった。

その年、医局でアフリカ行きの募集があった時、応募する者がいなかった。そんな時、机を並べていた下砂が声をかけてきたのだ。

「アフリカじゃ、十万人に一人しか医者がおらんそうだ。医者がおらんだけで、子どもが死んでいくのをよ、我慢できるか？」

「我慢できんね。だが、暑かやろね。アフリカは」

三谷は初め気のない応答をしていた。

「この仕事は国際貢献ばい。なにせ大勢の子どもの生命ば救うとやけん。そうは思わんね？」下砂のアフリカへの思いは日に日に高まるようで、それは三谷にも伝わってきた。そして、ある日、

「ぼくもアフリカの子どもたちに会いとうなったよ」と答えていた。

「じゃ、行くか」

「うん」

こうしてアフリカ行きが決まった。

当時、三谷は、「動脈閉塞症による壊死」のテーマで論文を書く準備をすすめていたが、気が乗らなくて困っていた。

助教授からは、「これは三谷ちゃん用だな」と言って、手術で切断した患者の足が届けられていた。この下肢の動脈を病理学的に研究し、かたちあるものにまとめなさい、ということだったが、どうしてもその気にならずポリバケツに放り込んだままのそれはいつか異臭を放つようになった。教室員からは、「それ、早く何とかしようよ」と苦情が出るし、やむなく焼却場に持っていったのだが、この分野の研究は自分には合わない、と悩んでいた。だから下砂の誘いは、渡りに船でもあったわけだ。アフリカに行けば、こんな自分でも即戦力になれるのだ。教室でくすぶっているよりその方が意義あることかもしれない。下砂のように、アフリカの子どもたちのためというより自分の活路を開くために三谷はアフリカ行きを志願したのだった。

こうして二人はその地ケニアのナクールに着き、押し寄せる現地の患者を次から次に、来る日も来る日も寝食を忘れて診療する活動に飛び込んだ。そして砂塵の舞う半砂漠地帯トゥルカナにも交代で診療に行く日々が待っていた。

そのトゥルカナ行きの時、三谷たちは往路はいつもジープで行った。まる二日間のでこぼこ道を行く旅だった。ケニア北部、大地溝帯の谷間に溜まった水が細長い女性の足を思わせるトゥルカナ湖を成し、その西側の平地に住むのがトゥルカナ人だ。とにかく月からたったひとつだけ確認できた地球上の創造物がこの大地溝帯だったというが、落差百メートルを超える急な崖の上をジープは長時間、走りに走った。そしてその地をはるか下に臨みながらジープが断崖を駆け下ると、そこに待っていたのは、誇り高い不敵な面貌の黒々とした人たちだった。

「暑い。一瞬で喉がからからだ」

そうつぶやいて車を降りる三谷たちに子どもたちが走り寄ってきた。口々に「ナキナイ　エタバ」と叫んでいる。運転手の通訳によると、それはトゥルカナ語で、噛みたばこを下さい、の意味で、挨拶代わりの言葉だそうだ。「ナキナイエタバ」の歓迎の声に囲まれて、三谷たちは病院の建物に入った。

年間雨量はわずか二百ミリということだが、よくもこんな所に人が住めるものだと三谷は感心した。だんだんわかってきたのだが、トゥルカナの人々は、二頭のロバに家財道具いっさいを積んで牧草地を求めて移動する遊牧民だった。文字は持たない。食事は牛の乳と採取した血液を混ぜた飲み物を木の器に一日一杯だけですませる。恐ろしいほどの粗食だが、それではやっぱり空腹なのに違いない。「ナキナイ　エタバ」の物乞いが挨拶代わりになったのは、エタバ（嚙みたばこ）に空腹を鎮める作用があるからかもしれない。とにかくその極度に簡素な生活ぶりには驚いた。それでもトゥルカナの男たちの腰は三谷の目のあたりまである高さだったし、女もみな背筋がすらりと伸びて健康そうだった。そして子どもたちはといえば、皆野性の獣のようにすばしこく、幼い頃からよく働くのには感心させられた。その生活環境のせいだろうか、ある少年の視力を測ったら四・〇もあったのには驚いた。それはともかく、子どもたちのあの輝くような笑顔はどこからくるものだったろう。

三

「同じケニアでもあのトゥルカナがさ、今もずっと心に疼いてるんだ。なぜだろうね」

三谷が食後のデザートのメロンに手をのばしながら言うと、下砂は答える。

「生きる原点をつきつけられたせいだよ。どんな環境にあっても生を謳歌せよ、とど突かれたのさ。あそこにいると、おれたちが悩んでた出生の秘密なんて些細なことに思えてきたもんね。そういえばトゥルカナにはこれまで出合ったことのない症例が多多あったなあ。エキノコックスの手術をさ、あそこじゃ次々やらされたよね。だってさ、赤ん坊が便をすると、『インゴク（犬のこと）』と、呼んで尻をなめさせるんだもんな。犬の排泄物はそのあたりに散らばるし、犬の条虫《じょうちゅう》に感染するの当たり前さ。ま、そもそも手を洗う水がないんだしね。それにお手上げだったのは、ほら、毒蛇に嚙まれた患者だよ……」下砂は感慨深げに当地での体験を語り続ける。しばらくそれに耳を傾けていたが、

「な、下砂くん、話の腰を折るようだが、きみは覚えていてくれたかな？」

持っていた湯飲みを下ろすと、三谷はやや緊張を覚えながらそのことを持ち出した。

「降るようなトゥルカナの星空の下でさ、ぼくはきみに頼みごとをした。『生きててもしょうがないと思うようなそんな状態になったら、その時はきみ、ぼくを始末してくれないか』こう頼んだのだけど……」

額縁のように四角い顔の中、下砂の細い目が一瞬、鳩のように丸くなった。

「覚えてない、と言いたいところだが……」

くぐもった声で答える。

「あの時はちょっと驚いたよ。一方、そこまでこのおれを頼ってくれているのか、と身がひきしまったさ。だが、三谷、その言葉にどれほどの信憑性があるのか、疑っていたよ。だって、そうだろ？　あの頃の二人は血気盛んな一方うつ気味で、いつも死と隣り合わせに生きているようなところがあったもん。そうじゃないかな？　それに、始末ったって、その言葉の内容をおれはちゃんと理解してたのかなあ？」

そう言って、首をかしげる。

死と隣り合わせか……下砂が指摘するように確かにあの頃二人は、手探りの日々を送っていた。

下砂の愛読書、漱石のさる小説には、始めから終わりまで自殺の話が出てくるが、文豪も若い頃は死にたがっていたのに違いない、彼はなぜ死ぬことを考えたのだろうか？　そんな問いをどちらからともなく発し、その謎を解こうと夜通し話し込んだこともあったし、どんな死に方が一番楽で美的だろうか、と方法をあれこれ並べてみたこともあった。

下砂は言う。

「だが、今にしてわかるのは、あれは、生きようとするゆえのあがきだったのさ。きみはとくに、よりよく生きようともがいとったもんね。『明日死が来ても悔いないように今日を精いっぱい生きる』そんなこともよく言いよった。だけん、『生きててもしかたがないようになったら』云々も、その延長線上の日々を前向きに生きる決意として受け取ってたよ。そうじゃなかったのかなあ」

ここで、こほん、と小さな咳をすると、下砂は両こめかみに人差し指を当てて何やら考え込む。やおら顔を上げると、真剣そのものの目をこちらに向けた。

「きみが今になってそんなことを思い出すのはさ、安楽死のことが頭にあるとやろ？　それについては、おれも、どこかの国のごと、終末期の患者の安楽死ば認めてもよかとじゃないかと思う時はあるよ。だが、これはやっぱり、人命軽視につながる気のすっとさ。だから、医者であるおれはどうしてもそれに賛成する気にはなれん」

　ここで目をしばたたくと、ふっと吐息をもらし、続ける。

「それに、おれ、前から気になってたんだけど、やはりきみは内なる優生思想に動かされてる人じゃないのかなあ。生きててもしかたがないような状態になったら、さっさと逝きたいなんて、そんな言い方をするなんてさ」

「内なる、優生思想?」

　三谷はけげんな顔をして問い返す。

「うん。社会的に役に立つ優良な生命のみが生きる価値あり、みたいな考え方だよ。かつて高齢者医療について、『枯れ木に水をやるようなものだ』と放言した閣僚がいるが、それに通じる考え方さ。あのナチスは、その優生思想を旗印にまず障害者を抹殺したんだったが……」

　ここで言葉をとぎらせ下砂はまた何やら考え込む。そして、少し間をおき、続ける。

「それにわが国でもさ、尊厳死なんてきれいな言葉で何年か前、終末期医療をやらない法を定めようとした者たちがいたよね。時期尚早と見たのか引っ込めたが、その尊厳死法、また近く出してくると思うな。おれは個人の選択はいろいろあってしかるべきだが、国家がそれを法として定めることは怖いと思っているんだよ。そして、それを成り立たせるのがその思想じゃないのかなあ。きみの発想は、まさに内なる優生思想からきてるよ」

「なんだよ。きみはぼくの精神分析ばすっとか。おれは自分の死にぎわに、むやみな苦しみを味わいたくない、と思っているだけだぞ」

いささかむっとして、三谷の口調はつい尖る。もはやただ生きているだけで死を待つだけの時は、自分がきついだけではなく家族にも負担をかける。しかも病院のベッドを占有して、待機している患者が入院できない状況をつくる。それらを鑑み、最期なりと潔く死にたいと思うことのどこが悪いのだ。

「それはわかるけど」

下砂は歯切れの悪いしゃべり方で言う。

「ナチスの障害者殺戮に手ば貸したとは医者たちも例外じゃなかったこと、きみも知っとるよね」

働く能力の無い者は生きる価値がない。障害者はドイツ人の血を劣性化させる。そういうナチスの優生思想に医者たちも共感して手を汚した。障害者を選別したのはほかでもない医者たちだった。

「そいば今、思い出したったい。だって、今日きみがおれに頼もうとしたことは、何も分からない状態になったら始末してくれってことだろう？」

ここで下砂は一瞬こちらを注視した。そしてゆっくりうなずきながら続けた。

「医者のおれとしては、どういう状況になろうと、とにかく最後まで生きてほしいだけだ。それ以外はなか。ま、心配しちゃいないがね。きみがおれん所へわざわざ来たのもほんとは何とか生き通したいからさ。違うか？」

そう指摘されて、どきっとした。当たっているように思えたのだ。

二杯目のほうじ茶を飲み終わると、下砂は急にそわそわし始めた。午後の診療があるのだという。急に訪ねてきたのだし、多忙な彼をこれ以上わずらわせるわけにはいかないので、いとまを告げた。うなぎ屋の前で下砂と別れた三谷は、バス停に向かう足どりが自分のものではないようにぎくしゃくしているのを覚えていた。たった今、下砂が発した「内なる優生思想」という言葉が気になる。それに左右されているのではないかという下砂の指摘は外れていないような気がするのだ。

見上げる空からぽつぽつと冷たいものが落ちてきた。今日は、雨さえもどこか締まりがないように思われてならない。

下砂は、たった今、最後まで生きろ、と言った。自分はその台詞を聞くためにわざわざ彼を訪ねてきたのだろうか……。

バスは空いていた。三谷は座席のシートベルトをしめるなりすぐに目を閉じた。とにかく疲れが溜まっていた。自分の体のことはともかく、このところ治癒の見込みのない患者に次から次に向き合わねばならなかったからだ。昨日も出勤すると、待合室のベンチや椅子が三谷の患者でみなふさがっていた。彼らは三谷がかつて手術をした人たちだが、その中には、もう助けられないだろうことがはっきりしている望みの失せた患者の顔がいくつもあった。このがんという不治の病いの末期にある人とどのように向かい合ったらよいのか、三谷はいつも悩む。それでなくても、あまりにも多くの患者を診る立場に置かれていたために万全の治療を果たせなかった人に、どのように申し開きしてよいか心を痛める場合もある。

昨日も年配のさる女性患者の手を四十分も握ったまま、ただ話を聞いてやることしかできない自分が情けなくてしかたがなかった。

そして今、三谷はその患者の立場に初めて立たされているのである。

ま、ともかく、体の具合のこと、義兄には今夜にでも話しておかなければなるまい。三谷は現在、義兄が院長の病院で週三日の診療をこなしているのだが、精査の結果によっては、代替えを頼まなければならないからだ。

四

烏頭山《うずさん》の中腹に妻の兄が建てた瀟洒な洋館は、その谷間、薊谷の奥に位置する三谷の家からよく見える。かつてはそこまで一気に駆け上がっていた。しかし最近は、舗装された坂道を上りながら言うに言われぬ疲労感を覚える。呼び鈴を鳴らすと、「ほーい」と野太い声がしてすぐに甚平姿の義兄がドアを開けた。

洋間に入ると、テーブルには医学の専門書らしきものが五、六冊積み上げてある。筆記具やルーペ、辞書の類も置かれている。

「何の研究ですか」

その一冊を取り上げながら訊いた。

「いやあ、医学の進歩に遅れまいと思ってね」

こちらの顔をちらりと見、脇に積み上げた本の一冊を取り上げると、それを大事そうになでながら言う。

遺伝子治療はもちろん、人工心臓や臓器移植など、現在は医学の進歩で多くの生命が助けられるようになった。喜ばしいことだ。この分では、今に脳髄の移植までできるようになるかもしれない。

「その時は洋平さん、きみの優秀な脳髄を我が家の孫たちに譲ってくれたまえ」

そんなことを言うので、

「まぁた、そんな冗談を」

三谷は明らさまに不快な表情を浮かべてそっぽを向いた。そしてこの時、下砂が言っていた、内なる優生思想、という言葉が不意によみがえった。自らの孫の一人が知的障害者であるからかもしれないが、義兄のとっさのこういう思考回路もそれに当たると言えないだろうか。そういえば三谷一族にはその傾向があると言える。

成績抜群を見込み義父は三谷の学費の援助を申し出、医者に仕立てて娘婿に迎えた。優秀な子孫が誕生するのを期待してのことだったろう。それとわかっていながら三谷もその掌中に入るのをいとわなかった。幼い頃から、頭が良い、と言われるのは、他に取り得のない三谷にとっての存在意義ともいえるものだった。そういって褒められると、いつもは不機嫌な母親も笑顔を見せた。

義姉が茶器を持って入ってきた。

「あら、お顔がふっくらして、洋平さん、また太ったんじゃない？」

湯呑みを差し出しながら言う。

「いや。これは、むくみですよ。疲れからきてるんでしょう」

苦笑いしつつ答えた。

「そうなの？　一人暮らしは何かと大変ですものね。それで、桂子さんは、まだ東京ですの？　こんどは随分長いわね」

妻のことを訊ねられ、一瞬、喉にものがつかえたようになる。

「はあ。都会好きというか、娘の家にいるのが性に合ってるようで帰って来んのですよ。将来は娘や孫と一緒に保育園を開きたいそうで」

「まあ、そうでしたの。あのお年で相変わらず活発ね。立派よ。それに、お孫さんの柚香ちゃんはお祖母ちゃんそっくりで。いつぞやはアフリカに行ってたそうだけど、アフリカ好きは洋平さんに似てるのかしら？」

「いやぁ、彼女は三年ほど、保母をやってて、くたびれ果ててましたからね。リフレッシュしたかったんでしょう。アフリカから戻ってからですよ、大学院に入ったのは。保育の教員になるんだそうです」

孫娘の柚香のことになると三谷の目尻は下がる。「青年海外協力隊」の一員としてガボンにいる頃、彼女はよく祖父である三谷に電話をくれたが、「子どもが毎日どんどん死んでいくのはたまんないよ。どうして命の重さがこんなに違うんだろ」と嘆いていた。また、若い頃の祖父が参加したというアフリカへの医療支援、その大切さが現地へ来てみてよくわかった、とも言っていた。

そんな彼女はどの参加者よりも、多くのものを血肉にするだろう、と三谷は期待していた。そして今、彼女は日本に戻って新しい挑戦を始めている。

話が途切れたところで、三谷は、「じつは、義兄さん」と、肝心のそのことに触れるべく座り直した。

「……そういうことで、しばらく病院勤務を休むことになるかもしれません」

三谷が話し終わると、義兄は、

「やっぱり、そうか。しばらくですめばいいがね」と言って渋い顔でこちらを注視する。病院内の誰かが秘かに伝えたとかで義兄はすでにそのことを知っていた。こういうことは広がるのが早い。

「ま、こうなったら、治療に専念してくれ。やりたいことがあったら、今のうちにやっとくことだな」

そっけなく言って目をそらす。

義姉の方は、「まあ、なんてことなの」とつぶやいたままである。

思案する時の癖で、腕組みをして天井を睨む義兄。やおらこちらに目を向けると、急に思いついた、というふうに訊ねる。

「そうそう。わたしはすでに書いてるがね、洋平さんはどうですかな」

何のことか、初め三谷はわからなかった。きょとんとしていると、

「リビング・ウィルのことだよ」

と、脂ぎった下膨れの顔に意味深なものを浮かべて言う。リビング・ウィルとは、自分が末期症状になった時、無駄な延命治療をしないよう前もって指示する書面のことだ。尊厳死宣言書とも呼ばれ、三谷も日常業務として入院患者にアンケートをとり、人工呼吸器などの終末医療を希望するかどうかを聞くことになっている。義兄は半眼にした目をこちらに向け、ゆったりした口調で言う。

「いつ何が起こるかわからないからね。わたしはちゃんと準備してる。もちろん、臓器提供に同意する『ドナー・カード』も常に携帯している。わたしはきみも知っているように昔から尊厳死を勧める立場だからね、『日本尊厳死協会』にも入っているし、現在十二万人の会員数を誇りにも思ってる。いやこの会の目的がさ、

『リビング・ウィル』の普及なのだよ。それで洋平さんにも確かめてるわけ」

尊厳死。下砂とあれこれしゃべったせいだろうか？　なぜか今夜はその大それた呼び名に身体がこわばる。ぼくはまだ死ぬと決まったわけではない。なのになぜこの義兄は、そんな書面を急いで書かせようとするのか。まず病を治すため、ともに悩み、模索してくれようとはしないのか。この「尊厳死協会」、かつては「安楽死協会」という名称で、三谷も入会していた。三十代後半の頃だ。しかし、積極的安楽死や老人の自殺、医師による自殺幇助を唱える人がリーダーだったので退会した。その頃「安楽死を阻止する会」ができ、水上勉らの作家や有識者が反対運動の先頭に立ち、安楽死の法制化を立ち消えにさせた経緯もある。そして三十年ほど前、「尊厳死協会」に名称変更したのは、国民に受け入れられやすいようにとの思惑だったと聞いている。だから、義兄のいう、会の目的がリビング・ウィルの普及のみ、というのはすんなり信じる気にならない。それでも、いつもの律儀さで三谷は答えていた。

「そのリビング・ウィル、ぼくはまだ書いてません。ドナー・カードも持ちません。これにはちょっと抵抗があるもので。従来ドナーになるのは五十代が限度だったでしょう？　それが最近は七十代からまで腎、肝を取り出す医者がいる。どうかと思いますよ」

「それはきみ、移植を待ってた患者のためにやったことだと思うがね」

目蓋のかぶさった細い目をじっとこちらに据え、義兄は語気を強める。

「ほれ、妻の妹のつれあいもその一人だ。もう十九年も透析を受けとる。きみも医者ならそんな患者を何とか助けようと思わんのかね」

「思わないでもありません」と三谷は答えた。

「孫の柚香が欲しいと言えば、腎臓だって角膜だってやりたいですよ。でも、今の臓器移植のやり方には疑問なんです」

三谷はここで小さく身ぶるいし、続けた。

脳が死んだ、と判定されれば、肉体がまだ生きていてもその対象にされる。それにはどうしても違和感がある。それに七十代の、しかもがん患者だろう自分の臓器が移植に適するはずがない。だからドナー・カードを持つつもりはない。義兄はうなずいた。

「そう……臓器移植についての洋平さんの考えはわかったよ。もちろんきみが、がんのステージ4とかだったら移植なんてできんさ。ま、年寄りのわたしが持ってるのも、推進する立場上、心意気を示すというのかな。その意味合いだが……。ただわからんのはリビング・ウィルの方だな」

部厚い唇をもぐもぐさせながら義兄は続ける。

「きみは終末期にさ、やっぱりあの、人工呼吸器つけたり、心臓マッサージとかさ、やってほしいのかなあ。冬山に一人で登ったり、治安の悪いアフリカに出かけたりさ、生命の惜しくない人に見えていたがね」

この論理の飛躍。三谷はいつになく声を荒げた。

「命の惜しくない人がいますか?　命がいとおしいからこそ、冬山にも挑むしアフリカの医療支援にも行くのですよ」

ここでとっさにこういう言葉も飛び出す。

「でも、いくら命が惜しくたって、人間、絶望したり追いつめられたら……、自分で死にもします」

「まあ、自分で死ぬだなんて」

義姉がびっくりしたように目をみはった。

鼓動が早打ちするのを感じながら三谷は続けた。

「それを書いてないのは、まだ決めきれないだけです。だってぼくのメタはいやメタかどうかもまだはっきりしてないし、自分が死ぬともまだ実感してませんから。それとも義兄さんは尊厳死カードを持たないぼくを異端者とでも呼びたいんですか」

「まあた、そんなこと、言ってないだろが」

苦笑しつつ義兄は子どもに言い含めるような調子で言う。

「ただね、わたしは親父の時を思い出すんだよ。異常が見つかっても、ぐずぐずしてなかなか精査を受けようとしない。恐かったのかもしれんがね。とうとうぶっ倒れ、いざ担ぎ込まれた時は脳まで転移してて、もうまともな会話は交わせなかった。元気なうちに書いたそれがないとね、苦しまないように楽にしてやることもできない」

「ほんと、お舅さまの時は、付き添ってるこっちが狂いそうでしたよ」

ここで義姉も乗り出してくる。

「寝たきりになってからも大変でしたよ。それからが長くて……痛みがひどく苦しそうなのに、心臓がお丈夫なせいで、なかなか息が切れなくて……。あんな状態で生かすのは拷問と同じよ。死相も怒りの顔でした。あの時に思いましたよ。『楢山節考』の世界は現代に通じるって。わたくしは壊れて人に迷惑をかけるようになる前に山に入ります。映画では往生際の悪い老人が崖からつき落とされる場面がありましたが、ああいうふうにならないとも限りませんからね」

「やめて下さい、そんな話」

三谷は義姉の言葉をさえぎると、喉の奥からしぼり出すようにして言った。

「あの作品、ぼくは好きではありませんね。崖下に自分の親をつき落とすなんて、生きたままカラスの餌食にするなんて、人間のやることじゃない。ぼくは谷底まで下りて行って救う人になりたいですよ」

声のふるえているのがわかった。

「理想論ですよ、それは」

義姉はなおも言いつのる。

「姥捨ては、生きていくぎりぎりのところでの昔からの自然な風習といいますか、わたくし、原始の匂いを感じますの。ね、そう思いません？」

また腕を組み、天井を見上げている義兄の方を向く。

「知らんよ。姥捨ての話なんて」

腕をほどくと、わめくように言い、義兄はじっと三谷を見据えた。

「こんなことは言えることではないかもしれんがね、わたしはただ、誰にでもくるその時のために意思をはっきり示しておいた方がいいのではないか、と言ってるだけだ。それがそんなに難しいことかな？」

このしつこさ。まぎれもなく強制じゃないか、と思う。自分の終末期をどう迎えるかは、人から指図されることではないはずだ。

「その件は考えときますんで……」

つとめて穏やかに言い、三谷はいとまを告げた。釈然としない表情の二人が引き止めたが、かまわず玄関に向かった。

外に出ると、急に空気の密度が希薄になったようだ。軽いめまいを覚えた。

さっきの義兄の言い草は何だ、と腹が立つ。舅亡きあと、長い間、働き蜂としてこき使ってきたくせに、いざ病んだとなると、さっさとあの世へ送り込もうってわけか。それに終末期医療をやらないことが尊厳死だなんて、まやかしだ。それは消極的なやり方ではあるが、安楽死に違いない。大体、死ぬ間際というその時のことを元気なうちに決められるものだろうか。自分が患者の立場になって初めてわかるのだが、人の気持は割り切れるものではない。今朝は確かに死ぬ準備にとりかかろうとしていた。しかしその後、下砂としゃべったり、極限の地で必死に生きる人々を思い起こしたりするうちに気持は揺れ動き、いま三谷は、これまでになく強く、死にたくない思いにとらわれている。

五

この日の寝入り端《ばな》、三谷は、天井の染みが動き出し恐ろし気な顔に変貌するのを見た。その顔はだんだん大きくなり、こちらに迫ってくる。手にはメスを握りしめて……。

思わず叫び声を上げた。そのつもりだった。しかし実際は声が出ず、金縛りにあったように身動きできなかった。全身の力が抜け、麻痺状態である。ここはどこか？　全身麻酔がかけられ、手術台の上にいるようだが……。

内臓を抜き取るつもりか？　やめてくれ。

声にならない声を叫びつつ、三谷は、これが夢であることを知っていた。しかも既視感のある夢だ。そう、それは、若い頃に見たドイツの古い映画で、精神を病む青年の妄想を主軸に展開するドラマだった。とにかく殺人事件が次々に起きる。青年の友人も殺され、恋人まで襲われる。短刀をふりかざす犯人の姿が影絵のように何度も白黒の画面に映し出された。夢は、その場面と重なる……。そして何と犯人は青年が入院している病院の院長だった。院長は自分の欲望に煽られ、夢遊病者を操って人殺しを楽しんでいたのだった。

すっかり目が覚めてしまった三谷は、天井の染み模様を見るともなく見ながら、あのナチスが、七万人とも二十万人ともいわれる障害者をガス室で抹殺したことを思い起こしていた。今日の下砂の話では、その背景にあったのがやはり、ドイツ民族の遺伝子的遺産の強化という優生思想だったという。そしてこの計画には多くの医師が動員され、選別に協力させられたのである。優生思想は、人を何とも恐ろしい方向に暴走させるものか。そして彼が指摘したように、三谷自身もそれと気づかずそれに囚われていた一人だといえるのかもしれない。いつまでも寝つけなかった。


すぐ耳の横で声がした。

「蹴っころがして落としゃいい」聞いたようなしゃがれ声だ。

これもまた映画の一場面のようだが……。

「手で一押しすりゃいい」これは別の声だ。あたりは真っ暗闇だ。三谷は、身動きできず、声も出せなかった。荒縄で罪人のように縛られ、ころがされていた。場所は、薊谷を見下ろす烏頭山の崖っぷちらしい。

「さ、やるか」しゃがれ声が足を上げ、生きている者ではないように三谷の腹を蹴とばした。ごろっと自分の身体が一回転するのがわかった。

「それっ、落とすぞ」

もう一人の声がして、大きな両手が目の前に迫り、体が宙に浮いた。谷底からむくむくと黒煙が上がる。カラスの大群だ。もう、これまでだ。真っ逆様というより、くるくる木の葉のように舞いながら三谷の身体は落ちていく。まさに谷底につっ込むその瞬間だった。空気の温度が急に変わった。暑い。そして乾いている。見まわすと、そこは砂の海で、ぎらぎら照りつける太陽の下、向こうから足のすらりと長い女性が近づいてくる。百重もの首飾りから、トゥルカナ人だと知れる。そうか。ここは、地球の谷間、トゥルカナなのだ。女性は三谷とすれ違う時、「エジョック（こんにちは）」とトゥルカナ語で言った。三谷も「エジョック」と返した。女性には、トゥルカナで以前、出会ったことがあるようだ。親しげにほほ笑み、三谷の前に手の平を出してねだる。「ナキナイ　エタバ」「マム（ないよ）」と三谷は首を横に振った。「パド　アコロ　ナキナイ　ルピア（お腹が減ってるの。お金を下さい)」「マム」何も持ってない、と言って両手を広げると、「エモナ(けち)」と言って女は大股で去っていく。

近くで勇壮な雄叫びが上がった。

いつの間にか、あたりは薄暗く、目の前には、マイヨールの彫像を思わせる娘たちの黒々としたシルエットがいくつも浮かんでいる。これから夜の踊りが始まるのだ。

男たちはイルカのように夜空に向かっていっせいに跳び上がる。それを賞讃する娘たちの華やいだ声が原野に響く。生きる喜びそのもののような歌と踊りの幕が開いた。これが夜更けまで続くのだ。

「何とも肉感的な星空だなあ」

耳元で声がした。下砂がいつの間にか側にいる。三谷はうなずく。

「うん。ここで見る星はどうしてこう赤いんだろ? 大粒の瑪瑙《めのう》のようだな」

実際ここの星空は、日本列島の上にまたたいていたあの静謐でつつしみ深いものとは違う。こっちの地平線からあっちの地平線まで、丸い天穹一面にその赤い玉がびっしり貼りついている。この赤い星に凝視されているせいだろう。砂漠の夜は、何ともしれない太古の荒々しい息づかいに満たされ、サソリや毒蛇もぞろぞろ這い出してくる。足首に巻いた金属の輪っかをジャンジャン鳴らし、彼らを追い払いつつ若者たちは踊り続ける。

「交ぜてもらおう」下砂が言った。

「うん。ぼくらも星空に向かって跳ぶとするか」

急にあたりが静かになった。

「おいっ、あれを見ろ。骸骨がごろごろしてるぜ」草むらを指差し下砂が叫んだ。

「百年に一度の大干ばつなんです。家畜も人間も幼い者から死んで……、死体は藪に捨てるんです」シスター・ナースが悲しそうな目をしばたたく。原野に畜群は見当たらず、病院の中庭には、飢えて骨と皮だけになった人々が群れていた。

「ナキナイ　エポチョ（お粉を下さい）」いっせいに差し出される手。手。マム。

マム。その手をそっと払いのけ、逃れた。向こうの木の下に若い女がいる。女は木の枝をたわめ、露の雫のような木の実を食べていた。首から肩にかけての線がやわらかで、女はそう痩せてもいなかった。どうも妊娠しているらしく、お腹がふくらんでいる。そうか。ここに天恵の露のような果実があったのだ。よかった。三谷は女と生まれる子のためにほっとする。

前方の砂ぼこりの中に大きな皮袋を重そうに抱いた老女が浮かび上がった。若い女が叫んだ。「ナキナイ　エメヤン（エメヤンの実を下さい）」老女は、よたよたした足どりで近寄ってきた。女は、皮袋を奪うようにして口を開けた。中には小指の先ほどの橙色の実が詰まっていた。女はそれをうまそうに口にほおばった。三谷も口に入れてみた。干し柿のような味がした。これがあれば、人々のナキナイ攻勢に少しは応えられる。彼らの飢えを束の間、救うことができる。三谷はその果実の詰まった皮袋を担ぐと、病院の中庭に戻ろうとした。しかし足が動かない。あたりに砂ぼこりが舞い始めた。砂嵐だ。目が見えない。息が詰まる。

「助けてくれ」叫んだ時、目が覚めた。

六

一晩中、夢とも幻覚ともしれないものに襲われ、寝苦しい夜が明けた。熟睡できなかったせいか、頭の芯が重い。起き上がって動き出したものの、自分が自分でないような頼りない感覚に三谷はとらわれている。とにかく自分ががんの末期らしいと思い込んでからは、やることなすことどじばかり踏んでいる。たった今もトゥルカナ会の案内の葉書が見つからなくて困った。つい先ほど、その葉書を見て、開催場所などを確かめた。その後、生ごみを捨てるため表に出た。ところがわずか十メートルの距離を移動した間に手にしていたはずのその葉書がなくなったのである。忽然《こつぜん》と消えたとしか思えないそれは、いくら探しても見つからなかった。誰も訪ねてきてはいないし、この部屋から出ていった者もいない。犯人はこの自分しかいないはずだが、どうしたのだろう？　もしやと思って、処理済みの書類を積んでいる脇机の上を探すと、何とその一番下にもぐり込ませてあるではないか。何でこんな所に置いたのかわからない。死への恐れからくるのだろうが、自分は何でこれほどうろたえているのだろう。自分で自分に腹を立てながら電気ポットで湯を沸かし、紅茶をいれた。

それを飲みつつ新聞を開くと、有翅《ゆうし》の黒い蟻が、飛び立つでもなくのろのろと這い出てきた。つかまえて洗面所に流しに行くと、こんどは二、三ミリの小さい茶色のやつが、石鹸《せっけん》箱に群がっているのに気づいた。何でこんな所にまで蟻が湧くんだ。その、のろのろした動きに今朝は妙な苛立ちを覚えた。それを水で流しつつトゥルカナの砂漠にいたサファリ蟻のことを思い出す。彼らは針金のように干からびて狂ったように戦闘的だった。手術が一段落し、屋外に出て一服しようとした時だった。そいつにふくらはぎを一嚙みされ、激痛で飛び上がったことがあった。ちょっと立ち止まっていると、あっという間にズボンの中に入り込んでくるのだ。

嚙まれた仕返しに三谷は足下に寄ってくる彼らと靴の踵による真剣勝負を始めていた。サファリ蟻は信じられないような速さで逃げる。うちおろす靴の踵を、右に左にかわすその動きは、これまた信じられないような正確さだった。そしてやっと一匹に直撃弾を食らわせた。ところがそいつは、ばねのように身を起こすや、つぶれた腹部を引きずってなおも焼けた砂の上を逃れ、こちらの視界から消えたのである。三谷はその時、ただ感服した。文明からはるかに離れた所にこういう強靭な生命体が存在する。この地球上で最後まで生き残るのは、砂漠のこの蟻たちではないだろうか。それに、とここでまたも浮かぶのは、眩しいように生き生きとしたトゥルカナの子どもたちの笑顔である。そして、大干ばつの飢えの最中にあっても、「すべてはアクジュ（神）の為せる業」と天を指差し泰然と構えていた人々の不敵な面構えである。三谷は心がくじけそうな今、彼らの逞しさにあやかりたい、と願う。

居間の電話が鳴っている。

「何してるの？」

声の主は妻の桂子だった。

「別にぃ。トゥルカナのこととか思い出してた。またあそこの子どもたちの笑顔に会いたいよ。きみ、知ってるかい？　アフリカにはこんな諺があるんだよ。『一度アフリカの水を飲んだ者は、その毒に冒され、再びアフリカへと舞い戻ってしまう』ってんだけど、これ、ほんとだね」

三谷がことさらゆったりした口調で言うと、桂子は鼻を鳴らす。

「んもう、あきれた。そんな呑気なこと言ってる場合じゃないでしょ。トゥルカナ、トゥルカナって、そんな砂漠の国のどこがよいのかしら？」

「惹かれるんだよ。あの野性の逞しさにね」

「へえ。あなたは野生だの未開だのって言うけど、柚香の話じゃトゥルカナも変わったってよ。今じゃ、インターネット・カフェもあるんだって。あなたは若い頃に行った昔のトゥルカナを懐かしがってるだけよ。そんなことよりね、あなたの頭はいったいどうなってるの」

「さあ」

三谷が言葉をなくしていると、電話の向こうでかん高い声がまくしたてる。

「あなた、自分で死にもします、なんて口走ったんですって？　自棄になってるって、兄さんあきれてたわよ。えっ？　一般論としてつい口から出た？　とにかく人騒がせなのよ。末期がんったって、代替医療はいろいろあるんだからさ、自分が医者であること、忘れたようなこと言わないでよ。とにかくあなたは昔からいざという時、オール・オア・ナッシングなんだから。おまけに僻み根性ばかり強くって」

「何だと？　おいっ、言わせておけば、言いたい放題。僻み根性が強いとはどういうことだ」

「あーら、怒ったの？　ごめんなさい。心の癖と言い換えるわ。被害者意識、強いわよ、あなた。いつも人にはおっしゃってるでしょ？　今は二人に一人ががんになる時代だって。それに、そんな大事なこと、どうしてわたしに何も言ってくれないの？　ほんと、どういうつもり？」

義兄からたった今そのことを聞いたという桂子は、まっ先に妻の自分に知らせなかったことが心外のようだ。早く精査を受けろ。手遅れになったらどうするのか、と声を荒げる。すぐに切符の手配をして帰る、今日の最終便になると思うが、迎えはいらない。

言うだけ言うと、電話は切れた。

「もうしばらく、そっとしといてくれよ」

三谷は見えない相手につぶやく。桂子が帰ってくると、またひとしきり身辺が賑やかになるだろう。根は優しいのだが、若い頃からとにかく、小うるさいところがあった。

飯をかきこむ。音をたてて汁を吸う。それが彼女にとっては我慢ならないとかで結婚するなり改めることを約束させられた。座敷で行われた葬式に行き、足がしびれて立ち上がるなりころんだ時は、行儀作法がなってない、と怖い顔をした。それは序の口で、野良育ちの三谷の挙動がことごとく彼女は気になるようだった。幼い頃から茶の湯や生け花、謡などの稽古をやってきた彼女からすれば、それは当然のことだったろう。それでも四人の子に恵まれ、彼女は教育熱心な良き母親の役割を立派に果たしてくれた。育児のことはすべて任せっきりだったので、その点では三谷は桂子に頭が上がらない。

ただ、とここで思う。リビング・ウィルや臓器移植のことになると、かつて話し合ったことはないが、どうも義兄と同じ考えのようで、気になる。

彼女は、妊娠するたびに出生前診断を受け、もし染色体に異常が見つかったら妊娠中絶する、と言っていた。三谷は、それを聞いて思った。障害を持って生まれるというだけで胎児の抹殺が許されるのなら、先天性疾患に対する治療もおろそかになり、病気や事故でハンディを持って生きる人たちの否定にもつながらないか。その時は、女性の意思を尊重したいと思い何も言わなかったが、彼女のその発想が優生思想なるものによることははっきりしている。それに自らの出生が危険にさらされていたせいかもしれないが、産む女性の意思ひとつでかけがえのない生命が消されてしまうことに三谷は不条理を覚えないではいられない。

そういう彼女は病んだ夫が終末期を迎えた時、どんな態度をとるだろうか。生まれてくる者へと同じように死にゆく者にも生命の選別をするのではないのか。

窓の外を浮かぬ顔で見ていた三谷の目に小さな光が灯る。物干しざおに巻きついた自然薯《じねんじょ》のつる先が風に揺れているのが目に飛び込んできたからだ。それは、小さな細い蛇のように自力で動き、からみつくものを手探りしているように見える。いつの間にこのつるはこんなに伸びたのか。三日前に干していた靴下を取り込んだ時はなかった。何という成長の早さ。驚く三谷の目は、こんどはそのハート形の葉の上にいる小さな生きものの姿をとらえた。二センチほどのカマキリの仔である。尻をぴんと後ろにはね上げてこっちを見ている。何てかわいいんだ。しかし三谷は、すぐに思い至る。このカマキリ、交尾が終わった途端、雌は雄をむしゃむしゃ食ってしまうのだった。

七

その日の夕方、気がついた時はもう壁時計が六時を指していた。トゥルカナ会の宴が始まる時間だ。帰ってくる桂子に負担をかけないようにと部屋の片づけを始めたところきりがなく、時間がたってしまったのだ。

急いで着替えをすませタクシーを呼んだ。

ここへ行ってくれ、と三谷が差し出した葉書をちらっと見て、運転手はうなずいた。

「アンラクシですね。あ、ここ、さっきも駅から一人運びましたよ」

「違う。アンラクシじゃない。あらしだ。昔からある居酒屋だよ」

「えっ。この『安楽風』はあらしって読むんですか」

「そうだよ。アンラクシなんて、耳障りな言葉だな」

つぶやきつつ葉書を受け取りポケットにおさめた。三谷は今、その言葉に自分が過敏になっているのを感じる。

「ここまでしか入れません。アンラクシはこのホテルの裏でしたね」タクシーを止め運転手がふり返って言った。「あらしだってば。さっき言っただろ」三谷は、またも訂正せずにはいられなかった。

「あ、そうでしたね。あらし、あらし、あらし」呪文のように唱えながら運転手はチケットを受け取るとすぐにネオンサインのまたたく繁華街の方へ走り去った。

安楽風の二階座敷に案内されると、すでに宴は始まっており、七、八人の男たちが刺し身や天ぷらを並べたテーブルを囲んで歓談していた。いずれも若い日にアフリカへ行き、その地が好きになった者たちである。

三谷は、下砂の顔を見出すと、その隣に座った。下砂は、何年か前にトゥルカナに行った時のことを熱っぽくしゃべっているところだった。

「久しぶりに行って、驚いたよ。あの大地溝帯の谷間にさ、銀色のトタン屋根がずらっと並んでたんだ。八万人もの難民集落ができてたのさ。そして初めて聞く病が流行ってた。『糞肛門』って言うんだけど、便が石のように固くなって出ない病だよ。それっていうのも食べ物が変わったせいなのさ。長いこと干ばつと飢えに苦しんで、家畜の乳と血の主食が救援物資のトウモロコシになったんだからね。でもさ」

ここで下砂は三谷に気づき、挨拶代わりに肩をぽん、と叩く。そして続ける。

「彼らの誇り高い気性はそのままさ。毅然として自分たちの苦境を笑い飛ばしてたよ。おれは、生きられるぎりぎりの環境への人間の適応の可能性、これに興味があるんだが、今後ともわがトゥルカナに探っていきたいと思ってるんだ」

さすが、トゥルカナ博士。下砂先生は奥さんを働かせて自由に何度でも行けるからいいよ、と下砂の正面に座っている小柄で赤ら顔の内科医の男がうらやましそうに言う。わたしなんて若い頃、一度行ったきりだもんね。そういや、三谷先生もそうじゃない？　こっちを見て、度の強い眼鏡の奥の目をしばたたく。

「いや、ぼくはこれでも三度行きましたよ」と三谷は答える。

「ずっとこの日本にいると息が詰まるというか、とにかく窮屈でね、そういう自分を解放するため飛び立ちたくなるんですよ。あの地球の谷間に行けば、日頃は忘れてる生きる根源を思い出させてくれるというか、日本じゃ味わえん感動がもらえますからね。この地球上で、自分が強く求められているって実感がたまらんのですよ。また行きたいなあ」

三谷がしゃべり終わると、斜め前に座った長老格の白髭の外科医が、声をひそめるようにして言う。

「息が詰まるっていえば、また厚労省のしめつけがくるよ。こんどは臓器移植の実態調査だ」

彼の話によると、臓器移植の低迷打破のためにそれは行われるそうだ。救急施設での過去の症例を五百例以上ぬき出し、臓器提供の可能性があったケースはないか、提供に至らなかった原因は何か、を分析するそうだ。

「そんな。重体患者に向き合ってる時はさ、助けることで精いっぱいでさ、そんな話をする余裕はないよ」と下砂が仏頂面で言えば、

「生きるか死ぬかって時、患者や家族に提供意思のあるなしを訊くのは難しいよ。説明するのが負担だな」と内科医もうなずく。

参加者のほとんどが臓器移植には消極的のようだった。しかし一人だけ賛成意見を憤然として言う者がいた。

この中では一番若く、県外の療養型病院で外科医を務める男だ。

「先生たちのようなのが多いから、だから、相当数、潜在してると思うんですよ、可能性のあったケースが。そんなことでいいんですかね」

これには下砂がすぐ言い返す。

「提供数を無理に増やそうって？　やめてほしいな。そんなことすりゃ、救命救急医療がおろそかになるよ」

ここでこころもち声を低め、身を乗り出すようにして続ける。

最近も自殺未遂で運ばれてくる若者が多い。睡眠薬の飲み過ぎやリストカットなど助けられるケースがほとんどだが、そんな若者が運ばれてきた時、医療者の頭に提供数を増やすことが至上命令のようにあるとすれば、あえて救命しないというか、魔が差すこともあるかもしれない。

「まさか」外科医は顔をこわばらせた。

「先生はどうも極端な例を持ち出しますね。わたしはそんなに極端でない普通の意見が聞きたいですよ。三谷先生なんか、どうです？」

それに対し三谷はつとめて穏やかに答える。

「この件では、ぼくはもっと極端かもしれないよ。臓器移植そのものが嫌いだから。口から食べなくても、他の人の体の一部を自分の体内に入れるんだからさ、これは弱肉強食、アフリカのライオンのやってることと変わらない。それというのも」

と、そのことに触れずにはいられなかった。

医師の基本的仕事は人の生死の判断だが、日本の移植医療は、この前の法改正で脳死下臓器提供が行われるようになった。ところが、実際のところ、この脳死の判定は難しい。自分としては、人の死は心肺停止だと思っている。

「そう。わたしも三谷先生と同じ考えだ」

ここで白髭先生も言う。

「臓器提供する患者だからと、終末期の薬品量を減らし、結果として死を早めたケースをわたしは知ってるよ。もちろんその患者は、リビング・ウィルを書いてはいたが……」

「臓器移植とリビング・ウィルがセットか、患者の立場に立つと、恐いなあ」

三谷はつぶやく。

「臓器を痛めつけないよう薬を減らされて、早目に死なされたんだからなあ。ぼくはそんな話聞くと、やっぱりなあ」

下砂が、三谷の肩にそっと手を置いた。とんとんとなだめるように叩く。

「どうだ？　これが医学の行きついたところさ。な、三谷、昨日の話じゃ、きみはほざいとった。生きていてもしかたがない状態で生き長らえたくないからどうこうしてほしい、ってな。だが、おれは、どんな病状であれ、生きる価値のない人間はいないと思っている。ただ、痛みはそりゃ何とかしてやりたいが」

後ろの方は囁くような小声だったが、三谷は一言一言が胸にこたえた。恐縮しつつ謝った。

「いざ直面させられると、動転しちまって、つい右往左往してしまった。ごめんよ」

外科医がこんどは、尊厳死法を早く成立させるべき、との意見をぶち始めた。

この法律がなければ、人工呼吸をやらなかったり中止した医者がまた殺人罪に問われたりする。医師の免責のため、そして患者の尊厳死のため、この法律は必要だ。

聞きながら三谷は、義兄がいつも言っていることと重なると思った。これまで深くは考えなかったが、自分がいざ、その末期患者の立場に立たされそうになってみると、これまでになくこの尊厳死法なるものに警戒心が湧く。

下砂が自分を納得させるような調子で言う。

「終末期医療のことはおれも迷うことはあるけどさ、国が法律化してさ尊厳死というものを推奨すること、そのことはやっぱりやばいと思うんだ」

これに対し、納得していない顔の外科医は手刀を下砂に突き出すようにして反論する。

「そうはいってもさ、先生、わかってるの？　うちの病院は療養型でしょ？　終末医療病棟なんですよ。皆、末期だもんで、延命治療は次から次です。その上……」

言葉を途切らせると、何ともいえない苦し気な表情を浮かべて続ける。

最近また収入が落ちたからと、CTとかの検査回数を増やすよう院長から指示された。心ならずもそれに従い、手術も毎日、相当の件数をこなしている。しかし自分にとって身体の負担が大きく、このままいくと、カローシも他人事ではない、と不安になる。

「とにかくうちの病院に入院してるのは八十、九十の高齢者ばかりですしね、仕事に切れ目がないんですよ。超高齢社会を迎えて、わが国の医療のかたちは変わらざるをえないと思いますがね。とにかく尊厳死法は急がれてるとわたしは確信してます」

「先生のきつさはわかるけど……、重たい話だね。この件は、そこでけりにしましょうや」

やんわりそう言って立ち上がったのは、入口近くにいたこの日の幹事役、顔の染みとしわが目立つ長身の男だった。彼は地元で開業している精神科医だ。

そうだよ。ここはトゥルカナ会だ。そういう演説は気が滅入る。表でやってくれた方がいい。誰かも遠慮がちに言った。

壁に貼りつけてあるシマウマの群れの写真の前に立ち、幹事氏が気分を変えるつもりか、おどけた調子で問いかける。

トゥルカナでは、美しいものの象徴はこのシマウマ、トゥルカナ語ではイトゥコでした。なぜでしょうね？

それはさ、強烈な日射しと砂ぼこりの中にいると、白黒のコントラストが目立つからじゃないの？　そういえば、女たちは白と黒のビーズで皮の腰巻きをシマウマふうに飾っていたよね。皆、口々に答える。

幹事氏が続けて問う。シマウマのことはともかく女性の美については、トゥルカナの若者たちと自分たちは評価が一致したよね。これだけは万国共通のようだが、どうだろう？

さあ、どうだったかね？　皆、首をかしげている。
じゃ、質問の仕方を変えるよ。出会ったトゥルカナの女性で、第一のエブス（美人）は？

幹事が再び問うと、「エメヤン」と複数の声が答えた。これには三谷もうなずいた。

天恵の果実の名を持つそのエメヤンがそこにいると、すべての人の目が常に彼女に注がれていた。古代ギリシャの彫刻にあるような顔立ちに豊かで引きしまった体つき。夜の踊りでも彼女が来ないともり上がらなかった。三谷たちが知っている頃はまだ十代の後半だったが、もうその年で立派なエタバ（嚙みたばこ）中毒だった。そして下砂の話では、三十代前半に舌がんで亡くなったという。

「ま、そういう謎謎もいいけど、わたしにもしゃべらせてよ」

ここで手を上げたのは白髭氏だった。そして日本とアフリカの病人の違いについて吐露し始めた。

日本では、病気にかかっているのではないかという不安で、人々は病院に来るが、アフリカではほんとうに病気になった者だけが来る。

われわれはちょっと調子が悪いとビタミン剤を飲み、抗生物質の世話になり、カロリー計算をしてミネラルや蛋白質をまるで薬のように摂取する。胃痛や神経症に悩んでは、消化剤や睡眠剤を口にし、たばこをフィルター付きに変えて、しょっちゅうがんの恐怖に脅えている。

三谷は日頃の自分を思い起こしうなずいていた。白髭氏は続ける。

近代医学は、それまで命とりだった感染症を次々と退治してきた。昔は生きのびることができなかった難病の子どもたちも無事に育つようになった。そして彼らが結婚し、子孫を増やしていくにつれて、環境汚染や放射線被害なども加わり、危険な遺伝物質は医学の進歩とともにせっせと蓄積されてきたといえる。生物学的に適応力を欠いた生命体が増えるにつれ、文明社会日本は、やがてその量とともに質の問題で今、深刻な局面を迎えている……。

聞いていた三谷の顔がだんだんこわばってきた。この白髭氏の憂慮もやはりその優生思想からきているように思えてならなかったからだ。まかり間違うと、この言質は誰かが利用しないとも限らないのではないか。確かに、昔は助からなかった虚弱な子どもたちも日本の恵まれた医療環境の中で死なずにすんでいるのは事実だ。しかし、それを評価しないことはない、と思うのだ。ここで意見を言わなければと思ったが、うまくまとまらず言葉が出てこない。喉がからからだ。

それだけでなく急にめまいがしてきた。熱でもあるのか、体が、かーっと熱くなったり、背中がぞくぞくしたりする。かったるいし、どうもやはり体調がおかしい。結局何も発言することなく時は過ぎた。

宴が引けるのを待つようにして、鼻の頭の脂汗をぬぐいつつ席を立った。一刻も早く外気を吸いたかった。

下砂が追いかけてきた。

「待ちなよ、三谷、どうしたんだ。おれのさっきの意見、どう思ったい？　おれは、尊厳死法なんてのには反対だからな」

　急ぎ足で来たらしく息が喘いでいる。

　三谷は、うなずいた。

「わかってる。ぼくだって疑問には思ってるさ。それで、昨日きみに頼もうとしたぼく自身の終末医療のことはひとまず取り下げさせてもらうよ。とにかく昨日今日、誰としゃべってもさ、きみの言うその優生思想とやらにぶつかるような気がするんだがね。このことではまず、自分自身のそれと向き合う必要がありそうだな。ぼくらはナチスを断罪できるかってことさ。これから考えるんじゃ、もう遅過ぎるかもしれないけど」

　すると、下砂はこう言って励ます。

「何が遅過ぎるものか。『今日一日しか生きられないと思って今のこの時を精いっぱい生きたい』昔、トゥルカナの星空の下で、きみはこうも言った。ぐうたらなおれは若い日のそういう真摯なきみが眩しかったよ。先の短かかことがはっきりするかもしれん今だからこそさ、お互い大いに考え、議論しようぜ。とくに医師であるきみにはさ、どう死ぬかよりどう最後まで生きるかを考えてほしかよ。おれは」

「うん、今はそう思うとる。ほんとだよ。患者としての精いっぱい生きたか思い。自分が患者になって初めてわかった。人生とはそんなに割り切って簡単におさらばできるものではないね」

「そうだろ」

「また、近く訪ねていくけん。今夜は妻が東京から帰ってくるんでね、これで失礼する。やれやれ、今夜はまたひともめしそうだよ」

「そうか。桂子さんが戻ってくるのか。じっくり話し合えよ。終末医療は患者と家族、医療者がともに話しあって決めるべきことなんだからさ。じゃ、今夜はおれもまっすぐ帰るとするか」

にっこりし、手をふると、下砂は広い肩幅を見せてゆっくりビルの谷間に消えていく。

あたりは妙に、しんとしている。誰かに見つめられているような気がして三谷は顔を上げた。

そこには、こちらの目の具合か、二重に見える半月が、謎をかけるようにねっとりした肌色で浮かんでいた。

噴火のあとさき

一

直治。直治。俺の名を誰かが呼んでいる。あたりはうす暗く黒っぽい影が浮かびあがる。影が言う。きみは助かってよかったな。この声。忘れもしない彪《あきら》だ。すまん、と俺は謝る。気にするな。だが、と彪の影は言う。安心するとは早かぞ。ほれ、また来た、でっかかとの。急にあたりが真っ暗になった。闇を透かして、綿雲の化け物のような黒煙がもくもくとこちらに向かって駆け下りてくる。逃げろーっ。彪の絶叫があたりに響いた。逃げろーっ。逃げろーっ。俺は夢中で走る。

走りに走り、息苦しくなって目を覚ました。

目をあけると、夢の中で走ったせいだろう、天井がゆっくり回っていた。外はまだ暗い。すぐには起き上がらず、俺は再び目を閉じる。

きょうから六月。彪がまた夢に出てきたのは、六月三日のあの日が近づいているからだろう。そう、幼なじみの彪は、あの大火砕流で命を落とした。そして俺は生き残った。そのことがどうにも、二十五年たった今でも後ろめたくてならない。

俺たちは、雲仙・普賢岳の麓の集落、上木場で生まれ育ち、当時は共に地域の消防団員だった。家が隣同士で、俺の又従姉峯子が彼と結婚したこともあり、兄弟のように親しいつきあいをしていた。

あの時、彪を含む十二名の消防団員を死に追いやったものは何だったのか。またもその問いが頭をもたげてくる。

そう、それは俺たちが「普賢さん」と呼び、あがめるその山が百九十八年ぶりに眠りから醒めたことに始まる。

一九九〇年秋のことだった。初めは白い噴煙をかすかに上げる程度だったが、年が明けるとがらりと様相が変わってきた。集落の真ん中を流れる文字どおり枯れた川の水無川に土石流が発生するようになったのだ。ちょっとの雨で火山灰や土石など大量の堆積物が流れ下り、俺たち消防団員はその度に夜も昼も警戒のため現場に出向くことになった。俺は正直なところ困った。生命保険会社に勤め始めて日が浅く、そう続けては休めないし、体の弱い父を助けての酪農の仕事も手を抜くわけにいかなかった。かといって、こういう火急の時に団を退くことは許されない。卑怯者と指を差されることになるだろう。

それにしても一九九一年五月十五日未明のあの土石流は青天のへきれきだった。どどーん、ごろごろという雷が落ちたようなすさまじい音で目を醒ますと、地震のように家が揺れていた。電話が鳴った。「ワイヤーセンサーが切れたぞ。至急、橋のたもとに集合」大声で指示する分団長の声は恐怖のためか裏返っていた。ワイヤーセンサーとは水無川の上流に仕掛けた土石流監視装置のことだ。

　そうか、この揺れは土石流のせいなのだ。青い消防服に袖を通している間も足元はバイブレーターに乗ってでもいるように揺れていた。小心者を自認している俺は、がたがた震えながら赤線入りの白いヘルメットをかぶると長靴を履いて外に出た。川に近づくにつれ、すさまじい轟音は高まる。川の面を懐中電灯で照らした俺は「わっ」と声をあげ飛び退《の》いていた。直径二、三メートルもの岩石が次々に猛スピードで転がり落ちていくのが目に飛び込んできたのだ。恐る恐る上流に目を移すと、土石の流れはあたかも怒り狂った龍がこちらに向かって襲いかかってでもくるようだ。思わず側の木にしがみついた。「直治、逃げろーっ」「川から離れろーっ」叫びつつ飛んできたのは彪だった。俺の体を木から引き剥がし、肩を抱くようにして移動させた。その直後、やはり人の二倍の高さはありそうな岩石が目の前を転がっていった。足元の地面は、いつ崩れてもおかしくないように揺れ続け、地鳴りは止まない。「こら、危なか。俺たちの手にゃおえん。逃ぐうで」分団長の指示で俺たちは命からがら退いたのだった。その直後、上木場地区は避難勧告地域に指定され、引き続き俺たちは里人の避難誘導にあたらねばならなかった。避難先は少し高台にある農業研修所「山望荘」である。避難してきた里人は皆、口々に言っていた。

「少しの雨でこがん恐ろしか土石流の起きてしもうて。大雨ん時はどげんなっとじゃろかい」

夜が明けてテレビをつけると、市長も同じことを言っていた。

「……恐れていた土石流がわずか二十ミリの雨で起こりました。ワイヤーセンサーがなかったら、と思うとぞっとします」

俺はうなずき、同時に言いようのない不安が頭をもたげてきた。まもなく梅雨入りするが、雨の降り方次第でどんな大きな土石流が起きるかわからない。そのとき自分が団員としての活動を最後まで全うできるかどうか自信がなかった。なぜなら俺は子どもの頃から体が弱く、肺気腫という持病があった。冬の放水訓練のあとは必ず風邪をひき寝込むような俺がはたしてどこまでやれるだろうか。

そんな弱腰の俺をあざ笑うかのように二、三日あとにはまたも土石流が発生、コンクリート製の橋を軽々と押し流すその凄さを目のあたりにすることになった。皆が恐れたとおり少しの雨で大きな土石流が頻発し始めたのだ。そのたびに俺たち消防団は里人の避難誘導や土のう積みに駆り出された。肉体労働をやったことのない俺はすぐに肩だの背中だのが痛み出したが、四の五の言っておれる状況ではなかった。やるしかない、と心に決め、精を出した。

最初の土石流が発生して十日ほどたった頃だった。こんどは普賢岳火口に、溶岩塊がせりだし、みるみるうちにそれは丸屋根状の巨大なドームに成長した。そしてついにはそれが花びら状に割れ、水無川の源流をたどり、わが里へ向けて崩れ落ち始めたのである。この崩落とともに灰色の巨大な綿雲が駆け下ってくるのに気づいたが、俺たちはその正体をまだ知らされていなかった。

ただ、川の上流の谷まで行ってみた分団長が、木が根こそぎ倒れ、燃えた跡があった。変な臭いがしていた、と気味悪そうに語っていたのを覚えている。溶岩ドームの崩落が始まって二日目の五月二十六日、その綿雲が駆け下る現象、「カサイリュウ」なるものが頻発したとかで、俺たちの里、上木場と下の町に避難勧告が出た。「カサイリュウ」とは初めて聞く用語で、火砕流と書くそうだが、それがどういうものなのか誰も教えてくれなかった。この日、上流で土砂除去作業をしていた人が腕の露出部分を火砕流のためにやけどしたと聞いた。このことは、火砕流が下りてきても肌を露出していなければ大丈夫らしい、と思い込むもとになった。何ということだろう。あの恐ろしい火砕流について俺たちはこの程度の認識しかなかったのだ。

二

半身を起こし、リモコンでテレビをつけると、見覚えのある柔和な顔の老人が大写しになっていた。地元では有名な火山学者だ。あの被災を二十五年ぶりに振り返る番組の中でインタビューに答えているのだった。

――……火砕流を危険だと思ったから避難勧告をしたのです。上木場登り口より上へは行かないように何度も警告しました。……専門家が危険だと言ったら信じてほしい。避難勧告を守っていれば、あんなことにはならなかった。唯一人も死なずにすんだはずです……。

聞きながら俺は確かにそのとおりだ、と思った。ただ、この学者は避難勧告に法的強制力がないのを知っていたのだろうか。避難勧告には強制力がない。だから里人は当時、入域許可のステッカーを車に貼っていれば出入りが可能だったし、消防団は上木場に詰め所を置くことを選べた。また、あの綿雲の正体、それに襲われたら焼け死ぬことを学者らが適切に教えてくれたのかというと疑問だ。団員らが被災した二週間ほど前、県と島原半島の一市十六町が主催して大がかりな防災訓練が行われたが、この日、火山噴火予知連のさる火山学者はこうコメントした。

——普賢岳は溶岩流出の可能性がある。ただしマグマの粘性が極めて高く、流出したとしても速度が遅く、避難の時間は十分とれる。

これを聞いた俺たちが、溶岩流出は大したことではない、と思い込んだのも無理のないことではないだろうか。

五月二十四日、最初の火砕流が発生した時、その公表の仕方については数時間にもわたって専門家の間で議論がされたとも聞く。人心に不安を招かないよう、住民が過剰反応しないよう配慮されたと聞いているが、その結果、火砕流は小規模であることが強調され、真の恐ろしさが十分伝わるものにはなっていなかった。

それで俺たちは思い込んだ。火砕流は水無川の川沿いに少しずつ伸びてくるもので、あわてて逃げなくても大丈夫だ。勧告に従って下の町の体育館に避難していた里人もそう認識していたに違いない。

　普賢岳のふもとは指折りの葉たばこ産地で、五月下旬といえば芯止めといって、花を切り落とし脇芽を摘む、葉の成育上欠かせない作業をする時期である。しかも上木場は葉たばこ専業農家が多く、俺を除くほとんどの団員がその跡とりだった。里人は防災機関の窓口で入域を断られても、簡単に自分の家や畑に行ける方法があることを知っていた。車に「上木場」と表示した市の許可証を貼ってさえいれば、登り口に立っている警察官もあれこれ言わずすんなり通してくれたのだ。だから結果として消防団だけでなく葉たばこの芯止めのために入域したかなりの数の里人があの火砕流で被災することにつながった。

　火山観測所の専門家は確かに危険を察知し、その日も、登り口から上へは絶対行かないよう警告したそうだ。しかしそれを受けた市の職員が詰め所の山望荘に連絡をした時は「注意して警戒して下さい」と、トーンダウンした言い方になっていたという。それはやはり市の防災担当者も火砕流の恐ろしさを知らなかったということだろう。また被災時間直前に山望荘付近をパトロールしていた警察官も、里人やマスコミ関係者には避難するよう警告したが、消防団員に対しては、注意して警戒に当たるように、と促しただけだった。やはりその真の恐ろしさを知らなかったことになる。

画面はいつか車のコマーシャルに変わっていた。テレビを消し、ベッドを下りた。

看護師の妻は夜勤のためまだ帰っていない。インスタントみそ汁に湯を注ぎながら思う。

昨年暮れに体調を崩し、休みに入ってもう半年だ。上司には復帰をうながされており、もちろんそのつもりだが、その前に、彪たちとの思い出の場所、上木場の山望荘跡を訪れたい。そこには里人が建てた慰霊碑があり、年に一度はその前で手を合わせないと気がすまないのだ。

ジャーの飯を椀によそっている時だった。窓辺の机に置いた固定電話が鳴った。

「直ちゃんね？　あたし峯子よ。長う会わんやったとん、どがんしちょっと？」

若い頃と変わらないちょっと鼻にかかった甘いこの声。又従姉の峯子だった。

「おお。懐かしさ」

俺はつい弾んだ声を出している。「あれっきりやったが、元気にしちょったと？　俺はさ、まだ保険会社で働いちょるよ。今長崎勤務ばってん休職中でね、宙ぶらりん。いたずらに馬齢ば重ねちょるわけたい」

「何？　そのバレイって？」

「あ、これ？　たいしたこともしないで、いたずらに年をとっただけってことたい」

「へえ。そう卑下しない方がいいと思うけど。で、今、どこに住んじょっと？」

「長崎市の端っこで牧島町ってところ。目の前は橘湾だよ」

「ふうん。橘湾ね。そう言えばあの噴火、橘湾の群発地震から始まったとよね。その震源が普賢岳の方に移動してきて、真っ赤な溶岩ば吐き出すごとなった」

「うん、そうやったね。橘湾にマグマ溜りのあっとは確かさ。今月に入ってからも震度3だったか、地震があったよ。ばってん俺はここば動くつもりはなか。海辺の空気はやっぱり旨かもん。俺の持病にゃ良かとさ」

「そう言えば直ちゃん、胸の悪うして、よう咳ばしよったもんね、子どもん頃から。今、体調はどがんね?」

「どがんて、わけのわからん不調たい」

と、俺はつい自分の心身症とも言える病状を明かしている。

彪たちが死んだあの地獄を見たからだとしか思えないのだが、あれ以来、原因不明の背中の痛みに悩まされている。時折、肩甲骨のあたりが棒でこね回されるように痛むのだ。この症状が出るのはきまって仕事がうまくいっていない時で、痛みのため夜に眠れないのがこたえる。めまいや吐き気の症状が重なることもある。医者は、何か心配事でもありますか？　仕事を休んでぶらぶらしていれば治りますよ、と言って、ほとんど効かない薬を処方してくれるだけだ。医者が言うように、仕事のストレスもあるだろうが、俺としては、四半世紀も前のあの惨事が、まだこの身体と心をむしばみ続けているとしか思えない。

「そう、背中の痛みねえ。あん時の激務がまだこたえとっとやろかね？　お互い地獄ば見たとやもんね。あれはこの世の出来事じゃなかったもん。わかる気のすっよ」

しみじみとそう相槌を打ってくれる峯子に、こんどは俺が尋ねる番だった。

「そいで、峯ちゃん、きみはあの後、ずっと東京に居ったと？　元気かどうか心配しちょったよ」

するとと峯子は、ふん、と鼻を鳴らし、

「苦労話はさ、長うなるけんお預けね」

と答える。それでも、胸のうちは自然に溢れ出るとばかりに早口でしゃべり出すのはいかにも峯子らしかった。

「あの時、あたしはね、あのむごたらしか出来事ば忘れたかて思うて島原ば出たとよ。ばってん、どこに行っても、死んだ彪しゃんと古里の追いかけてくっとよ。彪しゃんが背中に貼り付いて、離れてくれんとさ。それで、というわけでもなかばってん、じつは、島原に戻ってきたと。家庭料理の店ば開いたけん、こっちに来ることがあったら寄ってよ。場所は……」

「へえ。峯ちゃん、戻ってきたとね？　そらあよかあ。ぜひ近く寄らせてもらうけん」

「待っちょるけんね。じゃ、くわしくは会うた時に」

聞きたいことがいろいろあったが、電話はそこで切れた。受話器を置くと俺は、頭がもやもやしてきた。あれほど離れたがっていた島原になぜ峯子は戻ってきたのだろうか。あれだけの大金を握って出奔したのである。もしかして変なものに注ぎ込んで、それでどうにもこうにもならなくなって逃れてきたのではあるまいか。職業柄、金が入ったために起こった悲劇をいろいろ見てきたせいか俺もいらぬ心配をしてしまう。これも峯子がほかならぬ彪の妻だったからだろう。しかも当時のごたごたは、つい昨日のことのように生々しく記憶に刻まれている。

あの日、父母のいる仮設住宅に立ち寄ると、彪の母が寄って来て涙ながらに訴えた。

「直ちゃん、峯子が家ば出てはってくって言うとよ。東京に行きたかとて。こいも、一生かかっても使いきらん金の入ったけんたい。彪の命と引き換えの金の。そね、直ちゃん、わたしゃ、二十八年一緒に暮らした一人息子ば亡くしたとよ。そいとにわたしにゃ一銭も来んとやもんね。配偶者ちゅうだけで、たった五年一緒に居っただけの嫁に、遺族年金も、消防の賞じゅつ金も、義損金も何で全部行くとやろかね？　行政の仕打ちは戦争ん時より酷かばい。一人息子ば只奉公させちょって、挙句の果て死んだっちゅうとに、産んで育てた親にゃ何の償いもせんとやもん」

俺はその時、何とも慰めようがなくて困った。家の柱を失った者の苦しみはわかるが、現行法では、遺族年金などはすべて配偶者に渡される。そのことを説明すると彪の母はさらにこう言って泣きついてきた。

「そうね。年金とかはしょんなかたい。そんならせめて出てはってく峯子はさ、倍額補償の保険金のさ、半分くらいはわたしにくれてもよかて思わんね？　直ちゃん、わたしゃ、彪の仏前に供える花代にも困っちょるとばい」

それを言われると心苦しい。生命保険に入るよう彪に勧めたのは俺である。いざという時のためにと入ってもらったのだが、その金が家庭を壊す一因になったのなら、何をかいわんや、である。察するに彪は、親も見てほしいと思って大口に入ってくれたのだと思う。しかし受取人は峯子になっていた。受け取った金をどうするかは彼女の気持ち次第なのだ。

俺は実家に身を寄せている峯子を呼び出し、率直に言った。

「なして東京に行くと？　皆が大変な時に逃ぐっとは峯ちゃんらしゅうなか。どっさり金の入ったけん嫁ぎ先の家ば出るって、反感ば持つ者もおるぞ」

するとと峯子はこれまで見たことがないような険しい表情を浮かべてまくしたてた。

「何ば言いたかとね？　直ちゃん。また姑さんの言いふらしよらすとやろ？　言うとくばってん、あたしは彪さんと結婚したとよ。姑さんとじゃなか。その彪さんが居らんごとなったとに何で姑さんに一生しばられて生きんばとね？　姑さんには子どもの出来んことであたしは、しょっちゅう嫌味ば言われちょったとやもんね。嫁ぎ先ば出るとはお金がいっぱい入ったからじゃなか。お金が何よ。まわりが目の眩んで大騒動しとるだけたい。あたしの母なんて、お金が入るとわかったとたん、下にも置かん扱いばするし、叔父の早川ミツヨシまで言うてくるとやもん。俺にもおこぼれがあるじゃろな。俺は消防賞じゅつ金ばつり上ぐったため尻ば捲ったとぞって。そりゃ、今、皆、お金に不自由しとるとはわかるよ。ばってん、このぶんじゃ身ぐるみ剥がれそう。とにかく小汚くって嫌。実家にも戻りとうなかし、自由に生きたかと。独立したかと。それが何でいかんと？」

「いかんとは言わんけど、一人息子ば亡くしたお姑さんの悲しみのわかっとっとかなって、ちょっと思うたったい。それにしても、峯ちゃんの金ば当てにする人の多かとやね。そん叔父さんて、下ん町の早川さんのことやろね」

そう念を押して俺は顔をしかめた。言わせてもらえばその早川は、俺たちの団にとってこのところ目の上のたんこぶだった。上木場の元消防団員の彼は親分肌で、人をまとめる力があり、下の町に引っ越してからも俺たちの団に大きな影響力を行使していた。ひとつは、彼の妻の父親がたばこ組合の顔利きでもあったからだが、後ろにいる部外者に団が動かされているようで俺は嫌だった。

ただ賞じゅつ金をつり上げるのに一役買ったというのはそのとおりだ。病院に運ばれた仲間が次々に亡くなり、毎日のように通夜と葬式が続いていた時、彼は人目もはばからず号泣し、自分を責めていた。

「お前たちが何で死なんばやったとか。俺のせいたい。俺が追い詰めたったい。

俺が死ぬべきやった。ああ、もう、自分が死んだ方がどがん楽なことか」

そして泣き崩れる遺族や幼子の方を見やっては息巻いていた。

「こりゃ、ほっとけんばい。遺族補償ば十二分にさせんば。おエライさんと刺し違ゆっつもりで俺もやるけんな」

悲しみに押しひしがれていた生き残り組の俺たちはそういう彼に煽られ、立ち上がったかたちになった。その結果、かなりの額の賞じゅつ金や義損金を出させたわけだが、その金が遺族の間で新たな悲劇を生んだとすれば、俺たちの望むところではなかった。それにしても、峯子に金を無心するなど、この期に及んでそんな態度をとる早川ミツヨシはやっぱりいけ好かない人だと思った。

その時、峯子は「そう。下の町のよ」とうなずくと、それまでとは、がらっと違うかすれ声で切なげに言った。

「何でこがん、お金というもんに皆、群がってくると？　あたしはただ彪さんば返してほしかだけ。大きかお金ば出して下さる人たちに言いたかよ。こがんふうに人が死んだ時、お金ば出せばよかっていうもんじゃありませんよって。ね、直ちゃんだけでも分ってよ」

ここで言葉を途切らせると、目頭をそっとぬぐう。そして喉の奥からしぼり出すような声で続けるのだった。

「彪さんが居らんごとなって、あたしは今、半身ば切り取られた魚んごたるもんよ。思い出せば気の狂うごたっ。夜、寝ちょっても、死んだ人に誘わるっごとして、生きていとうなかごとなる。そいけんあたしは生活の場所ば変えて生きる力ば取り戻したかとさ。新しか出発ばしたかと思うちょると」

いつか峯子の顔はくしゃくしゃに崩れ、目から溢れ出るものがあった。俺は、大火砕流が一瞬のうちに奪ったものののかけがえのなさを改めてつきつけられた気がした。おろおろしながらやっとこう言った。

「そう泣くなよ。峯ちゃんを悲しませるような言い方してごめん。わかったよ。彪さんの家ば出るとは、きみが自分を取り戻すための新しか出発なんだね。それやったら、彪さんも天国で喜んでくれるやろ」

それから何日もしないうちに峯子は島原を去った。そして今日のこの日まで便りを聞くこともなく過ぎた。あの後、東京で峯子はどんな日々を過ごしてきたのだろうか。お預けにされた苦労話を一刻も早く聞いてみたい気がする。そして当面、何か俺の助けを必要としているのだったら援助を惜しむまい。

そうだ。島原にはきょう出かけよう、と俺は思った。そういえば老人ホームに入居している母にも長いこと会っていない。山望荘跡に行くついでに母の顔を見、そのあと峯子の店に寄ってみよう。思い立ったら吉日とばかりに書棚の上の帽子に手をのばし、洋服かけにつるしていた濃紺の麻のジャケットをはおった。こんなに気がせくのは、やはり死んだ彪たちがあの山の麓に俺を呼んでいるのだろう。

三

時折襲うめまいのため俺はまだ車の運転をひかえている。島原へは、諫早が始発の列車で行くことにした。何年ぶりかで乗る一両編成のそれは、きょうが平日だからか、がら空きだった。窓際の席に座るなり背もたれに体をあずけ目を閉じた。そして、あの惨事につながる日々を、

「まったくいつ倒れてもおかしくなかった」と思い起こしていた。

なぜなら、あの五月十五日のあと、土石流が次から次に起こり、これでもかこれでもかと上木場の集落を襲ったからだった。その上、五月二十六日、六度目にワイヤーセンサーが切断された後は復旧の見通しがまったく立たなくなった。新たに火砕流なるものが頻発し始めたためで、それ以降は俺たち地元消防団がワイヤーセンサーの代わりをすることになった。これは市の防災担当者から警戒パト

ロールを頼まれたことによるが、役割分担と称して避難勧告の周知と避難誘導の協力も合わせて依頼された。それで、いつ起きるかわからない土石流などに備え、上流の橋のたもとで二十四時間体制の見張りをすることになったのだ。しかし仕事を持つ民間人の俺たちにとってこの任務はどう考えても荷の重いことだった。不眠不休の出動がすでに十日以上も続いており、心身ともに疲労が限界にきていた。

「このままじゃ、土石流でやらるっ前に過労で死ぬばい」ある団員の言葉に、俺たちは「そうたい」と不安を隠せない目を見交わしたのだった。すぐに応援体制がほしい、それでないと続けられない、と自治会役員に訴えた。

「そうたいなあ。休みなしのぶっとおしじゃもんなあ。こんな監視業務は常備消防にやってもらわんば、どうがんならん」

自治会長はそう答え、すぐに市と掛け合ってくれた。

ところが、この要望はうやむやのうちに無視されてしまった。それというのも普賢岳の様子が予断を許さないものになってきたからだろう。

その次の日、五月二十九日午後には規模の大きい火砕流が連続して発生、日暮れ時になって山火事が発生した。水無川の谷を噴煙をあげつつ駆け下る火砕流を見上げつつ俺たちが恐る恐る出動しようとしていると、火山観測所から急にストップがかかった。火砕流の到達距離がのびているから危ない、と言うのだった。また、山火事が発生した近くには豚舎があり、豚を避難させようとした養豚業者と俺たち消防団が激しく言い争う一幕もあった。危ないから今夜はやらないでくれという俺たちに対しその人はまくしたてた。豚ばむざむざ見殺しにせろて言うとか。ここまで太らせて死なしてしもうたら大損ぞ。首吊らんばごとなっとぞ。そん時、わいたちが補償してくるっとか。

俺たち、それに警察も一緒になって説得し、次の日、火砕流の模様を見ながら避難させるということで納得してもらった。この夜遅く、上木場登り口から上へは侵入禁止にするよう新たな警告が出され、それで俺たち上木場の消防団は、水無川下流の下の町公民館に急きょ詰め所を移した。明くる日五月三十日も未明から規模の大きい火砕流が続けざまに発生していた。前夜ほとんど眠る時間のなかった俺たちだが、この日も朝早くから豚の引っ越し作業の警戒をしなければならなかった。ひっきりなしにがらがらと山鳴りはしているし、いつ火砕流が下りてくるかと気にしながらの作業である。六百頭も避難させるのには時間がかかる。それにこの日は俺の家の牛十九頭をいよいよ手離す日でもあった。乳牛は一斗樽いっぱいもの乳を抱えているので一日でも搾らないと苦しがって熱を出す。五頭の子牛もいたのだが、まったくの捨て値で諫早市の酪農家に引き取られることになった。俺は警戒の途中でわが家に寄り、一頭一頭とスキンシップをして別れを惜しんだ。

見まわすと、あたりの葉たばこ畑は一面、薄桃色の花が咲き、芯止めを急ぐ里人の姿があちこちに見られた。役目として俺はすぐ近くの畑にいる人に声をかけた。

「おじさん、危なか時は、早う逃げんばよ」

するとその年配の人は笑って答えた。

「おどんに言う前に、わいの父ちゃんに言え。ゆっくらあと牛の引っ越しばしよらすやろもん」

こうして切れ目なく俺たちは警戒に当たらねばならず、疲労はいよいよ限界まできていた。皆、老人のように皺の目立つ憔悴しきった顔つきになり、目ばかりぎょろぎょろさせていた。食欲のない俺は点滴を打ってもらいながらの出動で、川見張りの夜、立ったまま眠っていたこともある。

先の見えない不安な時間が刻々流れ、その日がとうとう来てしまう。大火砕流が彪たちを呑み込んだ六月三日のその日のことを思い出すと、俺はまた新たなくやしさに囚われる。何で、未来を担うきみたちがこぞって死ななければならなかったのか……。彪たちの被災直後、どこに怒りをぶっつけていいかわからない生き残り組の俺たちは、じっとしておれず、まず自治会役員を突き上げた。

「だから言っていたではないか。ワイヤーセンサーの代わりば俺たちにさせるなんて、荷の重かて」

俺たちの怒りを受け止め、この時も自治会長らは直ちに市と市本部の消防団に抗議をしてくれた。その様子を俺たちは廊下で聞いていた。

「先月末に申し入ればしたろもん？　今回の土石流、火砕流の監視は地元消防団の力の範囲ば越えちょるちゅうて。監視体制ば見直してくれるごと頼んだろもん？　そいとに受け入れてもらえんで、こがん結果になってしもうた。なして分かっちょりながら犬死にばさせてしもうたとか？」

これに対し市長らは、

「こういう結果になるとは予想もつかんやった」

とぼう然とした面持ちだった。市長らも火砕流の真の恐ろしさを知らなかったのだ。自然の驚異にさらされた人間の弱さ、愚かさをますます強く実感しただけだった。

目をあけると、乗客の数はいつか七、八人ほどに増えていた。窓の外には、空の色を映した淡青色の有明海が広がっている。古里、上木場の俺の部屋からはこの海がいつも目の下に見えていた。そのことを思い出すと、俺の頬は自然にゆるむ。そういえば母はこの海を、わが家の池と呼んでいた。海の近くがいいと言って、水無川下流にあるホームを選んだ母だったが、居心地はどうなのだろうか。元気でいてくれればよいが。

四

母の名札の下がっている部屋のドアを少し開けると、話し声が聞こえてきた。

「月日のたっても、よけい悲しゅうなるばかりたい……」

またひとまわりしぼんで見える母を相手に涙声でしゃべっているのは、相変わらず肉付きのよい彪の母だった。またあの日のことを悔やんでいるようで、俺は入るのをちょっとためらう。そして聞くともなしにその嘆きに耳を傾ける。

――あん時ゃ、家だけ花畑になっちょって、たばこの芯止めば急がんばやったもんね。そいばしちょかんば葉は太らん。おまけに日の射さんけん色は悪かし、えそ病も目立っちょった。そいば引き抜いて山に捨てに行くとにも男手のいるたい。そいとに彪は消防に手ば取られて、それが二週間もじゃけんね。わたしゃ焦って焦りまくって、せっつきよったと。早う花ば切って脇芽ば取らにゃん。唯一つの換金作物とに、そがん消防にばっか行きよったら、食べていかえんぞ。消防は只奉公じゃろもん。そしたら彪はつらかごたる顔ばして言うと。母ちゃんは何も心配せんで居んなへ。俺にも考えのあるけんって。そいで彪たちは、非番の時は芯止めばすっつもりでまた上木場の山望荘に戻ったっちゃなかろうかね。火砕流の危なかけんちゅうて、詰め所ば下ん町に移しとったとにねえ。

聞きながら俺は、ここにもまた一人、自分を責めている人がいる、と思った。

母がいつものおっとりした声で応えている。

——そがん悔やんでみても仕方なかろうもん。そう言や、わたしも危なかと承知で直治に言うたとん。消防のお前たちが下の町に避難しちょってよかとね？　上木場ん衆は鶏の餌やりじゃ、たばこの芯止めじゃちゅうてお前たちより上で気張りよっとぞ。だからちゅうて消防団が山望荘に戻ったとがわたしらのせいじゃあるもんな。ほれ、居らしたろうが。たばこ組合青年部の旗振り役じゃった人の。名前ば度忘れしたばってん、ほら、あの、そうそう、早川ミツヨシさんたい。あん人、若か頃は上木場消防団の束ね役じゃったもんね。そいで下の町に家ば建てて引っ越しさしてからも上木場ん消防団にそりゃ発言力ば持っとらしたとよ。柄も大きかし、俳優さんのごと良か男やし、あがんとばカリスマ的と言うらしかばってん、そん人が言わしたらしか。自分たちの管轄地域に拠点ばおかんで、自分たちの親や家族ば守りゆっとかって。そいで直治たちは追い立てらるっごととして上木場に戻ったたって聞いちょるよ。

――そら知らんやった。そう言や、ほれ、次ん日の四日にゃ、下ん町のたばこ組合ん衆が皆、上木場に上がってくることになっちょったたいね。芯止めば手伝うっちゅうて。そいも早川さんが知恵ば働かせてそがん決まったらしかもんね。最初、たばこ組合の組合長さんが、たばこの手伝いに限って下の町の者も入域ば許可してほしかって市に相談したら、危なかけん駄目、って断られたとって。そいで早川さんが、許可のステッカーば自分たちでコピーして、車に貼りつきゅうでって提案さしたらしか。そうまでして手伝うつもりやったったい。

――そうやったとね。そしたらもしもあの火砕流が三日でなく四日に起きとったら、それこそ組合の人は家族ぐるみ全滅やったったい。何百人ちゅう人が犠牲になっちょるよ。

――そう。それから。そいに、あの火砕流が三日でなく前ん日の二日やったら、これまた何百人ちゅう人が死んじょるよ。ほれ、そん日は市議選の投票日じゃったろもん？　ほとんどの衆が上木場の我が家に戻っちょったもんね。わたしゃ葉たばこの芯止めで日の暮るるまで忙しゅうしちょった。ああたの差し入れのお握り、おいしかったよ。ほんと、二日やったら、それこそわたしもああたもこの世にゃおらんたい。ああ、ほんなこと普賢さんは酷か。二百年の眠りから醒めらしたとはよかばってん、火責め、石責め、水責めの上、家は焼かすし、畑も全滅、一人息子まで焼き殺そうてちゃあんまりばい。こいじゃ、神も仏もなか。

ここで声を詰まらせ、彪の母は目頭を押さえた。顔をそむけ、ひょいと目を上げた拍子に俺に気づいたらしい。泣き顔がじわじわと笑顔に変わった。

「あれま、直ちゃん、いつからそこに居ったとね?」

そう言ってゆっくり立ち上がると、一歩一歩踏みしめるような足取りで近寄ってきた。

「久しぶりたい。よう来たね。ちょうどここにしゃべくりに来て、あんたにも会えて嬉しかよ」

自分の息子が訪ねてきたかのような喜びようで、こちらの手を取り握りしめる。

しかしすぐに恨めしそうな表情を浮かべるといつもの繰り言を浴びせてくる。

「こがんこと言うちゃならんばってん、彪も直ちゃんのごとなして助からんやったとかねって、あんたの顔見るたび思うとよ」

これを言われるたび俺の胸は、きゅっとしめつけられる。あの日、彪は当番で、川見張りの任務についていたため被災した。一方、俺は非番で、上木場から離れていたため助かった。俺が黙ってつっ立っていると彪の母は続ける。

——ほんと、わが子を褒むっとはなんやけど、彪は父親が居らんもんで直ちゃんのごと大学には出せんかったばってん、農業高校じゃ一番じゃったとやもんね。市役所に入れって先生にゃ勧められたとばってん、いや、俺は百姓ばするって断ったとよ。土にまみれて働くとが好きで、研究熱心でね、たばこば他の作物に変えようかいって準備を始めたところやった。これからっちゅうときにあいうことになってしもうて……。

しゃべり続ける彪の母に、出る幕を失ったふうの母はいつもの柔和な眼差しをこちらに投げると、自分の傍らの椅子に座るよう手の平で示した。そしてやおら彪の母の方を向くと相槌を打つ。

「ほんと、亡くなった若か衆は皆、親孝行で、人間の出来ちょって、働き者ばっかやったねえ。特に彪さんはわたしなんかにもよう声ばかけてくれて、申し分のなか良か衆やった。うちの直治も少しは似てくれちょればよかとばってん、こん子はいつまでたっても親ば安心させてくれんとよ。病気ばっかして」

母の言うことは当たっている。しかしこの年になってまでこんなふうに二つ年上の彪と比べて腐されるのは子どもの頃と違ってこたえる。

「顔を見るなりいろいろ言わんでよ。本人が一番わかっているんだからさ」

不満をもらしつつ勧められた椅子に座り、駅の売店で買ってきたぼた餅の包みをテーブルの上に置いた。そして彪の母の方を向いてさりげなく訊いた。

「話は飛ぶばってん、峯ちゃんが帰ってきたってね。料理屋は開いたて言いよったが、どがん店?」

「あらあ、直ちゃんの耳の早さ。どがんもこがんも一膳飯屋たい。年ばとると、わが捨てた古里でもやっぱし戻りとうなっとやろかね」

彪の母は皮肉たっぷりの言い方で、それでも目を細めてしゃべってくれる。

「家庭料理の店っていうけん、どがんもんが出てくるじゃろうかいと思うて行ってみたとさ。そしたらカレイの空揚げとか大根の千枚漬け、芋ん粉うどんの六兵衛の出てきて嬉しかったよ。みーんなわたしがいつも作りよったものやもん。若っか頃は料理の本ば見ながらスパイスの効いた肉料理ばっか作りよったとがさ、味付けも上手になっちょったし、人間も別人のごと丸うなっちょった。五年も一緒に暮らしたとやもん。やっぱ、峯子は他人のごとなかよ」

ここで言葉を途切らせた彪の母だったが、何か思うことがありそうなそぶりを見せていたかと思うと、ついでのようにこんな話もしてくれた。

「そいで、そん時、聞いてみたと。再婚はせんじゃったとかって。そしたら、彪さんのごと良か人は見つけきらんやったもんねって答えて、ただ女の子のほしかったって言うけん、なして女の子ねって訊いたとさ。そしたら、だって男の子は居るもん、て言うじゃなかね。あれま、子どんの居ったとたい、って驚くと、そん子、今、東京の大学院で学者になる勉強ばしよるって、自慢そうに言うじゃなかね。誰の子ねって訊いたら、彪さんの子に決まっとろうもんって。わたしゃ、もうたまげてねえ。ばってん、信じちゃおらんよ。そがんことのあるね？　彪は峯子の出ていく四ヶ月も前に死んじょっとよ。峯子は出ていく時、そがん気配はなかったとやもん」

「へえ。新しか出発ばするっちゅうて東京に行ったが、峯ちゃん子どもば産んだとか」

つぶやく俺も驚きを隠せない。しかし峯子は当時まだ二十六、七だったのだし、そういうことは当然あっていいわけだ。

「ふん。彪の子だなんて誰が信じるもんね。家ば出てはってく時、財産は放棄するて言わせたばってん、今頃になって子どもの居るけんて不服ば言うつもりじゃなかろかね」

素直に喜べないふうの彼女を母がやんわりと諭す。

「ああた、また、そんな。なんちゅうても、これは目出たかことやろ？」

「そいでん、やっぱしねえ。あん娘はあの細か体で牛んごとよう働きよったが、ただ子の出来んやったとがねえ。わたしはついまあだねっ、まあだねって、せっつきよったとん、とうとう出来んやったもんね。それが二十五年もたって子連れで現れたら、あなた、きつねに化かされたごたっ気のすっとは当たり前やろ？」

年配の女性のこういう井戸端会議に長く付き合うのは苦手だ。きょうは久しぶりに会う母が元気であることが確認できればよかった。腰を半分浮かしながら少し耳の遠くなった母に顔を近づけて言う。

「仕事に出る準備もあるけん、きょうはもう帰るばい。また来るけんね」

母は引き止めなかった。

「わたしのことは何も心配いらん。あんたは自分の体だけ、いたわっておんなへ。

奥さんに愛想尽かされんごとしとかんばよ」そう言って何度もうなずく。
俺は、いつもながらの気遣いに感謝しつつ部屋を出た。

五

老人ホームを出た俺は足慣らしにちょっと歩くことにした。どこかで水音がしている。さすが湧水の町だと心が和む。だが、道行く人の姿がまったく見えないのはどういうことか。近くのスーパーを覗いても、客は二、三人だ。やはり噴火のあとの人口減に歯止めがかからないのだろうか。俺はペットボトルの茶を求め、表に出ると、ちょうど通りかかったタクシーに手を上げた。

上木場の人たちの集団移転先は眉山の麓の町である。峯子はそのすぐ近くで開店しているとのことだ。運転手は「まゆやま亭」というその料理店の場所を知らなかった。行ってみればわかるだろうとバス路線に沿って走ってもらった。話好きらしい運転手が言う。昔、上木場は上質の葉たばこ産地だったが、今では砂防ダムの下に埋もれてしまった。それで、自分の知り合いはこの辺のビニールハウスで洋ランを作っている。レタス、キャベツを手がけている人も多い。何といってもほとんどの野菜を年中出荷できているのは故郷の誇りだ。

「ここにゃきれいか水のどっだけでん湧く。島原がこがん早う復興できたとはこん湧水のおかげやもんね。これも火山の恵みですたい」

道路の左右にびっしり並ぶ白いビニールハウスをまぶしげに見やりながら「そのとおりだね」と俺は相槌を打つ。

タクシーを止め、レタスの収穫をしている年配の女性に開店したばかりの店のことを尋ねた。女性が指差すすぐ近くの洋風の民家、その緑色の壁に「家庭料理の店　まゆやま亭」の看板が掲げてあった。タクシーを降り、戸口に立つと、ドアノブに「定休日」の札が下がっていた。ブザーを押すと、すぐに応答があってドアが開いた。目の前にはそれなりの歳月を刻んだ、しかし昔のままに目鼻の濃い勝気そうな顔立ちの峯子がグレイのトレーナー姿で立っていた。

「あらぁ、直ちゃん……」

一瞬、戸惑った表情を浮かべた。しかしすぐにとりつくろうように言う。

「きょう来るなんて思わんやった。とっ散らかしたままだけど、さ、入って」

招き入れると、こちらの顔をそっと見上げながら、

「ずいぶん久しぶりよね。あんた、痩せてあごが尖んがってる。随分苦労したとやね」と言った。

それに対し俺は苦く笑って答える。

「苦労ちゅうか、相変わらず軟弱でね。なるほど。峯ちゃん、こんな立派な店ば開いたとやね」

言いながらそう広くはない店内を見まわした。入口近くにレジ台があり、四人掛けのテーブルが三つ、カウンター席が五つばかりあって、正面に開けた窓から

は有明海が見下ろせる作りだ。右手の壁に掛けた畳半分ほどの油絵に目が止まった。緑一色の中に民家が点々と描いてある。何軒かの家に鯉のぼりが泳いでいるところをみると、おそらく五月だろう。被災前の上木場の集落を描いたものだとすぐにわかった。近づいて見入りながらつぶやいた。

「懐かしかなあ。これが俺ん家で、その隣が彪ん家。水無川の源流はこの谷だな。それがこう流れて、この二階建てが山望荘、緑の段々畑は葉たばこだよね」

見ているうちに絵の中に吸い込まれ、どこからか彪たちの話し声が聞こえてきそうだ。

「これ、峯ちゃんが描いたとね」と訊くと「そうよ」と答える。

上京した当時、環境ががらりと変わったせいか気が落ち込んで仕方がなかった。どうなることかと不安に思っている時、何かと相談に乗ってくれたのが同じアパートにいた同郷の女性で、彼女は美大を出ており、絵の塾を開いていた。習いながら失われた古里の山や木々、鳥たちを目に見える形にし自分を取り戻していった。人物画を描く気にならなかったのは病院に運び込まれた時のこの世のものとは思えない彼の無惨な姿がまだ目にちらついていたからだ。

峯子の言葉にうなずきながら反対側の壁に目を移すと、そこにはたわわに実る柿の木や真っ赤なぶどうの房に似たシマバライチゴ、草原に立つ美麗な色彩の雄雉を描いた絵が貼ってあった。

「この雉、本物のごたっ。そいに何か人間のごたっ目ばしちょるね」

俺が言うと、峯子はいたずらっ子のような笑みを浮かべて言う。

「あたしが畑にいるとね、よう雄ん雉のアタックしてきよったとよ。それで彪しゃんがいつも妬きよったとん。鳥にちょやかされて日暮らしすっとばって。だってすぐ側まで寄ってきて、捕まえようとすると、ちょっと行きちょっと行きして逃げるんだもん。向こうもあたしと遊んでいたんだと思うよ。この絵は自分でも気に入ってるの」

俺はその横顔をそれとなく見やりながら、気になっていることに触れる。

「で、峯ちゃんはやっぱ、あれからずっと古里のことばっか思うて過ごしちょったとね？　急に戻ってきたとは東京で何かあったとやなかね？　困ったことのあったら俺、何でも相談にのるけんね」

するとの峯子は、ふふん、と鼻を鳴らして答えた。

「あいにくやけど、当面、直ちゃんに頼みごとはなかよ。いつか恩返しはせんばて思うちょるけど。ただね、何年たとうと悲しさは同じよ。亡くなった人の存在は大きくなるばかりやもん。特に息子が彼の死んだ年齢に近づくにつれ、ますます……」

しゃべるにつれ峯子の声が次第に震えを帯びてくる。俺は彪の母が言っていたことを思い出し、呻くように言った。

「息子って？　やっぱりほんなことやったとたい。峯ちゃんに子どもの居るっちゅうとは」

すると峯子は、ちょっとはにかんだような表情を浮かべてこちらを見上げた。

「ええ。そのこと、別に隠しとったわけじゃなかけど、里の人で知ってた人は少なかと思うよ。だって妊娠してることに気づいたとが東京に着いてからやもん。月のものは止まっちょったけど、それまでにもよくあったことだし、あの地獄ば体験したストレスのせいかなって……」

「で、そん子は……」

俺が口ごもると、峯子は胸をそらし気味にして、

「もちろん、彪の子よ。あたし、あの人の子どもば産めて幸せだと思うちょる」

はっきりそう言い切った。そして遠い所を見る目つきになって、

「ほら、六月二日は市議選の投票日で、あたしも投票用紙ば取りに家に帰っちょったもんね」と、ことのいきさつを語り出すのだった。

家に戻ったのは二週間ぶりでほっと一息つき昼食の準備を始めた時だった。ひょっこり彪が戻ってきたのだ。ひそひそした声で、

「きょうの午後は非番になったばい」と言う。

久しぶりに向き合ったその顔。峯子は急に心配になった。頬がげっそりこけていたからだ。

「あんた、大丈夫ね？　いっぺんに年寄りの顔になっちょる」と言うと、

「そうやろ。飯の入らんごとなったもん」と肩を落とす。

「あんたが食べんごとなったらおしまいたい。昼は何か作るけん、きょうはゆっくり休んどかんね」そう勧めたのだが、彪は暗い表情で首を横に振るのだった。

「休むひまのあるもんな。葉たばこ畑が待っちょるたい」

「でも、あんた。大丈夫ね？　うっ倒るっごたる顔ばしとっとに。きょうぐらいゆっくりしとかんね」　なおもそう勧めたが、彪はまた首を横に振る。そしてすぐに芯切り専用の鎌を手に葉たばこ畑の方に遠ざかって行った。その後ろ姿がいつになく頼りなげで、ちょっといたたまれない気持ちになった。それで自分も足元に置いた鎌を手にすると後を追った。比較的に穏やかとはいっても普賢岳はこの日も底ごもる山鳴りを続けていた。いつも鳴いている小鳥の声がしないのも無

気味だった。

「あんた、ごろごろって音のしょっとん。大丈夫やろか？」

恐ろしくてたまらない峯子は、少し先の緑の葉叢の中にいる彪に話しかけた。するると、こんな言葉が返ってきた。

「山の鳴るうちゃ大丈夫って。しいんとして、あの綿雲の化け物のいよいよ近づいてきたら、そん時、乾燥小屋にでん逃げ込めばよかったい」

それで恐ろしくなくなったわけではないが、気をとりなおし、葉たばこの芯切りを始めてどれくらい時が過ぎた頃だろう。恐怖や不安というものが生きものの求愛をうながす側面を持つことをその時知らされたのだが、峯子の方からあい寄り、つかの間、二人は汗まみれの体をもつれさせることになったのだ。

その日、昼食の準備ができなかった嫁を姑が咎めなかったのは幸いだった。それは直治の母が、握り飯やぬか漬けを差し入れてくれたからだった。

ここまで語った峯子は、これまで見たことのない、こちらを包み込むような謎めいた笑みを浮かべていた。そしてこう言うのだった。

「あの時、授かったとよ。普賢さんが授けてくれたと。だから息子の名前は普賢岳から一字をもらった普美雄。ほら、あの子よ」

峯子が目で示すところ、部屋の奥の出窓の前に、からし色のTシャツを着た青年が部厚い書物を広げていた。

「普美雄です。おじさんのことは母から聞いています」

顔を上げ、会釈するその笑顔を見て、思わず俺は「おお」と声を上げていた。切れ長の目に引きしまった口元。その整った顔は、はっとするほどなまなましくかつての模範青年彪と重なり合っていた。握手を求め、初めて会う気のしないその顔をまじまじと見つめながら言った。

「会えて嬉しかよ。きみはお父さんにそっくりだけど、さて、中身も似てるのかな?」

するとは青年は、無精ひげの少し目立つ顔をまっすぐこちらに向けて答えた。

「大学では地質学を学びました。今、火砕流の研究をしています。それしかやりたいことがなかったもので」

「ほう。火山学者さんですね」

　俺はその利発そうな顔を注視しつつうなずいた。

「はあ、まだ卵ですが」はにかんだような笑顔を浮かべ、

「でも、やっぱり僕は普賢の子ですから、火山のことしか頭にありませんよ」

　そう言って自分を納得させるようにうなずくと自己紹介を始めた。

――八十メートルもの火山堆積物の下に自分の親たちの古里が埋まっている。それを知ったのは小学校高学年の時で、その年、母と共に帰郷し、初めて溶岩ドームが隆起する普賢岳と対面した。その崩落による火砕流に焼かれ、父は命を落とした。それを知らされた時。体が震えた。同時に、すさまじい自然の驚異に負けず立ち向かいたいとの意欲もわいた。火山の噴火がどのようにして起こるのかを知りたくなり、将来は火山学者になろうとその時、心に決めた。

「そうだったわね」と、ここで峯子が合の手を入れる。

「それまではこの子、あまり勉強が好きでなかったのよ。それが、火山学者になると決めてからはよく机に向かうようになって。今度、島原に帰ってきたのもね、この子が火山のあるところに住みたいって言ったからなの」

「ほう。それはまた」俺は感慨をこめて言う。

「噴火のあと、この町の人口は減る一方なんだよ。どこの田舎でもそうだろうけど、若者がよそに出て行ってしまうからさ。しかしきみのような人がいると知って心強いよ」

これに対し普美雄は屈託のない笑顔で応える。

「僕って、かなり引っ込み思案な人間なんですよ。でも火山のことを学んだり話したりするときは別です。目が生き生きしてくるのが自分でわかります」

「なるほど。そう言えば、きみの目は今、輝いているよ。さては火山の話ばしたかとやろね？　話してよ。俺、聞いてやるからさ」

俺がうながすと、いつの間にかのれんの向こうに消えていた峯子も顔だけのぞかせて言う。

「ほら、あんたが論文に書いた火砕流の話でもなさいよ」

「ん。火砕流ったって、僕がまとめたのは九州が全滅するような規模の、巨大火砕流のことなんですけど」

そう前置きし、学生に講義でもする時のように生真面目な表情で普美雄は語り出す。

——熊本の阿蘇山は過去に四回大爆発を起こし、そのたび大火砕流に見舞われたことは地質学的に証明されている。また鹿児島のさるカルデラの大噴火による火砕流は、縄文人が九州から消えるほど規模の大きいものだった。九州は数万年に一度は大火砕流に襲われてきており、普賢岳の平成の噴火は五千年に一度という大きなものだったが、それも五十万年という普賢岳の歴史から見ると、ごく小さな火山活動の一つにすぎない……。

普美雄の話に耳を傾け、三十分もたった頃、のれんをかき分け、峯子がカウンターに顔を出した。

「さ、有り合わせだけど召し上がれ。空豆入りのご飯だけは炊きたてよ」

三つ並べて置かれた膳を立ち上がった普美雄が一つずつテーブルに運んでくる。なるほど湯気の立つ飯碗には空豆の緑が映えている。豚肉のソテーや竹の子とつわぶきの煮物など文字どおりの家庭料理が食欲をそそる。

「この子がいたせいで、あたしは悲しみにひたってばかりおれずどうにか前向きに生きてこれたとよ」

席に着いた峯子がみそ汁をよそいつつ東京での生活を語り出す。

思いがけず子供に恵まれ、自分がいつも赤ん坊の普美雄の側にいて、乳を与えるというひとつの役割しか持たずに済んだのは幸せだった。ひとつの命が育っていく時に感じる魂のふるえるような感動、おののき、不思議さ、そういうものと一瞬一瞬、出会いながら自分は赤ん坊の普美雄と向き合うことができた。だから恐らく普美雄も、命あるものの喜びを感じる力、見たり、聞いたり、匂いを嗅いだりする感受性の芽が豊かに育まれたと思う。それも亡くなった彼の遺した経済的支えのお陰だと思い、いつも感謝していた。育児に手がかからなくなると、小学校の給食係として働き始めた。調理師の免許を取り、イタリア料理店の調理人になったのは自分を生かす道を探った結果だった。なぜイタリア料理かと言えば、普美雄が日本料理よりパスタやイタリア風スープ・ミネストローネを好んだからだ。

「それでここでも始めはね、イタリア料理ば出すつもりやったと。でも、ここに店開きするんじゃ、やっぱり昔ながらの家庭料理がいいかなって急に方針ば変えたとよ」

峯子が帰郷してすぐに気づいたのは、団地が高台にあるせいか、高齢の人たちが買い物に行くのにも不自由していることだった。そういう古里人に喜んでもらいたい。その思いからかつて食べていた家庭料理を出すことにしたし、定食のメニューも日替わりにしている。もちろん注文があれば、パスタやピザなども出す用意はある。

峯子の話を聞いて俺は嬉しくなった。あの自己中心的に見えた彼女が古里人のために尽くそうと模索しているのだ。

「それやったら常連客、増えるよね」

そう言ってうなずき、こんどは空豆ご飯を旨そうに口に運んでいる普美雄に訊いてみる。

「どうだい？　きみのお母さんのやろうとしていることは、皓々たる月の光のように人をうっとりさせると思わないかい？」

普美雄は「ん？」という目つきでこっちを見上げた。そして言う。

「表現がオーバーですよ、おじさん。それに僕、母にはやっぱりイタリア料理を出してほしいです。母の作るハンバーグやペペロンチーノは最高ですからね。あ、それにイタリアといえば」

ここで言葉を途切らせると、普美雄は何かを思いついたような表情を浮かべた。そして改まった声の調子でイタリアを旅した時の印象を語り始めた。

「じつは僕、去年も行ったんですが、あのポンペイの遺跡ってのには圧倒されますよ」

「ポンペイ？　噴火で埋もれた古代都市のことかい？」

「そうです。僕はもう三度行きました。行く度に新しい発見があります。発見といっても、恐ろしさや息苦しさをともなうものですけど」

そう言って箸を置くと、ちょっと厳粛な面持ちで続ける。

ヴェスヴィオ山の噴火は紀元七十九年だが、二千年前のその日も人々は、当たり前だが、今につながる普通の、日常生活の中にいた。母親は赤ん坊に乳をやり、老人は祈り、愛し合っている者は抱擁し合っていた。後の世の人が発掘したところ、逃げ遅れた人々はそのままの姿で埋もれていたそうだが、それを石膏型に復元したものが展示してあった。

「それを見つめつつ改めて思いました。何でそんな危険な場所にポンペイの人々は住んでいたのかって。それは、つまり……古代の人々はヴェスヴィオ山が噴火するなんて知らなかったからなんですね。その地に立ち、僕は島原のことばかり考えていましたよ。地形が似てるんです。海に面した観光地で、すぐ後ろにヴェスヴィオの火山があって……」

俺は普美雄の話を興味深く聞いた。確かに古代の人々は火山の恐ろしさを知らなかったから、だからそこに住み、突然の噴火になすすべがなかったのだろう。それで住んでいた都市ぐるみ火山の噴出物の下に埋められてしまった。

しかし地球科学の研究が進んだ今の世、火山の知識があるからといって、それで噴火災害が免れられるものだろうか。被災した俺たちの団の場合、「危いから退け」という専門家の警告は確かにこの耳に届いていた。それなのに、あの綿雲の化け物に自ら近づいていったのだから……。

昼食が終わる頃、峯子が訊いた。

「直ちゃん、この後の予定は？」

俺は、あの日が近いので、想い出の場所、山望荘跡を訪れ、亡くなった彪たちを偲びたい、と答えた。そのあと海辺の慰霊碑に参るつもりだ。すると峯子は眉根に小さな縦じわを寄せて言った。

「あたしも行きたいけど、明日の仕込みがあるし……。それにあそこはまだ近寄り難か所さね。行くの、やめとくわ」

すると普美雄がそういう母親をいたわるように補足する。

「山望荘に行くと、母は気分が悪くなるんです。父の無残な姿がよみがえるんですって。ね、僕が一緒に行きますよ。僕はすべてを直視したいし、おじさんに訊きたいこともあるから。いいでしょう？」

俺にはもちろんその申し出を断る理由はなかった。

六

上木場登り口まで来たところで、俺と普美雄はタクシーを降りた。

少し歩くと、奇怪な溶岩塊を頂く平成新山がすぐ目の前に見えてくる。普賢岳は四年半の噴火活動のあと、この今にも崩れ落ちそうな新山をわれわれへの置き土産としたのだ。

新山が次第に間近に巨大な姿で迫ってくるにつれ俺はあの綿雲の化け物がもくもくとこちらに向かって駆け下りてくる錯覚に襲われる。同時に彪たちの絶叫が耳の奥から聞こえてくる。逃げろーっ。逃げろーっ。息切れのしてきた俺は若い普美雄にかなり遅れながら歩を進める。振り返った彼は、少し歩調をゆるめ、俺を待つようにして話しかけてきた。

「先月の熊本地震、ここも相当揺れたらしいですね」

呼吸をととのえながら俺は答える。

「最大震度5弱だったかな。溶岩ドームが崩れんでよかったよ。落石はあったが」

「ふうん。5弱か。しかし」

新山を見上げながら独りごとのようにつぶやく。

――5弱でよかったと安心しちゃだめだぞ。震度だけでなく重要なのは震源の位置だからな。この島原半島や有明海、橘湾では、マグニチュード6級の地震はいつ起きてもおかしくないんだから……。

専門的なことのわからない俺は、そんなものかと感心しながら耳を傾けるばかりだ。

十五分ほど歩き、山望荘跡に着いた。ここには里人の手で犠牲者の名を刻んだ石碑が建ち、半鐘や被災した消防車などが遺構として展示してある。碑の前で二人はしばらく手を合わせた。先に立ち上がった普美雄が山を見上げながら言う。

「ここ、溶岩ドームが真ん前じゃん。これじゃ火砕流、まっしぐら、こっちに来ますよね」

「そうよな」

と俺は答え、胸にせきあげてくるものをこらえていた。なのに、あの日、仲間たちは選りに選ってここで待機し、あっという間に火砕流に呑み込まれてしまったのだ。

「ね、おじさん」こちらに顔だけ向けて普美雄が問いかけてくる。

「当時、火砕流や土石流が次々に襲ってきたわけでしょ？　他の所に逃げ出したくはなかったですか？」

俺は「ふうん」と呻る。そしてちょっと間をおいて答えた。

「そんなこと、消防団員なら許されないよ。だって、消防団ってのは、その地域に住む民間人だもんね。そこには自分の両親、家族、友人、知人がいるんだよ。自分だけ逃げだすってわけにはいかないのさ。だから、東日本大震災の時も二百五十人もの消防団員が犠牲になってる。消防団ってのはどうしてもぎりぎりまで災害に立ち向かうよう仕向けられる団体なのさ。それにあの時、水無川の下流では土砂除去の作業もやってたしね。彼らを守るためにも土石流などの監視は欠かせなかったんだ」

こんどは普美雄が「ふうん」と呻った。そしてあたりを見まわしながら言う。

「僕の父も、そう思っていたんだろうなぁ。その結果、火砕流に襲われ、父はどんなに熱かったことか。苦しかったことか。僕は人が死ぬ時の、その最後の苦悶の姿をポンペイの例の石膏像に重ねて見たんですよ。熱灰で埋もれた人をそのままの姿の石膏型で示してあったそれです。死に際の苦悶のありさまがさまざまのかたちをとってあらわれていましたが、とてもじゃない、正視できませんでしたよ」

普美雄はここで言葉を途切らせ、何か考えているふうだったが、すぐにまた続ける。

「ただポンペイの噴火は二千年も前のことで、人々に火山の知識がなかったのは当然です。でも、火山学の進んだ現代の島原でですよ、なぜ父は死ななければならなかったのか、未だに疑問なんです。母は、思っても仕方のないことは思うな、と言います。また、そんなに父親のことを思うなんてやっぱり血やね、とも言います。確かに僕、自分のことを苦悶のうちに死んだ父の生まれ変わりだと感じる時があります。ね、おじさん、上木場消防団はなぜ被災の前日、山望荘に戻ったんですか？　専門家が入るなと止めている場所に戻っていくなんて、飛んで火に入る夏の虫じゃないですか。普賢さんに捧げられた生《い》け贄《にえ》ですよ」

普美雄のきっとした目がじっとこちらを見つめている。

「ううん」

と俺はまた呻る。すぐには言葉が出てこない。当時は生まれてもいなかったこの若者にどこからどう話せばいいだろう。

普美雄はなおも迫ってくる。

「実は僕、当時の新聞に目を通してみました。そしたら火砕流の恐さを当日も指摘していましたよ。火砕流とは、火山灰などが高温のガスと一体となり山の斜面を流下する現象で、普賢岳の場合、溶岩ドームが崩れ落ちることで発生している。その先端はもう人家まで三百メートルに迫っており、中心部の温度は一千度にも達し、スピードは時速百キロだって。それをなぜ？」

食い入るようなまなざしから目をそらし俺は、くぐもった声でやっとこう答えた。

「少なくとも俺は、用心深いほうだからさ。だいぶ止めたよ。戻るのに反対した。しかし彪さんたちは、葉たばこの芯止めで入域している者の多かし、俺たちもその作業ば急がんばなどと言って聞こうとしなかったんだ。うん。確かにその新聞記事は読んだ気がするがね、実感としてわかんやったな。頭の隅にも残らんやった。それに俺たちにゃ、もうひとつ、大事な任務があったもんね。土石流の監視さ。切れたままのセンサーの代わりをしなければならなかった。それにはやっぱり水無川の上流で見張るしかなかったもんな」

普美雄は納得していない表情で聞いていたが、

「わからないな、今いち。センサーの代わりだなんて。父たちが何でそこまでやらなきゃだったんだろ？」

と首をかしげる。そして、

「ね、おじさん、背景からもっとくわしく聞かせて下さいよ」

と言う。俺は断るわけにもいかずこう答えた。

「話すのはいいが、病み上がりでね、ちょっと疲れたよ。まず腰を落ち着けようかね」

草むらをかきわけて行き、山望荘裏の坂道を少し上がった所に平たい石があるのを見つけた。ここにしようか。そう言って腰を下ろすと、目の下には堰堤かさ上げ工事中の砂防ダムが見える。このダムの下にわが古里は埋もれているのだ。俺はダムの中央、わが家のあったあたりを見据えつつしばらくじっとしていた。

横に座った普美雄も同じ方向を見つめて無言である。とにかく事実のみを飾らず伝えよう。そう心に決め、

「俺たちが専門家の勧めで下の町の公民館に詰め所を移させられたのは、被災の五日前、五月二十九日夜のことだ」と語り出す。

この時点では下の町も避難勧告地域に指定されていたので問題はなかった。ところが三日後の六月一日に市は突然、下の町に限り指定を解除した。なぜそんなことをしたのか？　今思い返すと、ことの発端はここにあったように思えてならない。詰め所としていた公民館には当然だが下の町の住民の出入りが頻繁になった。そして他所の地域の俺たちが終日詰めているのをうさん臭そうな目で見、「何で上木場のわいたちがここに居っとか」とあからさまに問う者もいた。それというのも、下の町の者とはつい先日あれこれとやり合ったばかりで、一触即発で何が起こるか分からない状況が血気にはやる一部の者の間ではあったのだ。

それは五月十五日、初めての土石流が発生した時だった。「上木場の登り口に

ある橋を壊せ」と下の町の有力者が言ってきた。橋に岩石などが詰まると氾濫した土石流が下の町に流れ込むから、と言うのがその理由だった。これを聞いて上木場の里人は「自分たちさえよければいいのか」と怒った。橋を壊せば、水無川の南側に住む里人は避難経路を絶たれることになるのである。無視しているとその有力者は再三再四、俺たち消防団に圧力をかけてきた。困っていたところ結局その橋は度重なる土石流であっけなく流されてしまうことになったのだが、「下の町の者は自分たちのことしか考えていない」とのしこりは残った。また、こんどは、川が溢れないようにと南側の川べりに土のうを積んだところ、「そこに積めば、水が下の町に溢れてくる」と文句を言ってきた。また無視していると、断りもなく下の町の若い衆がそれを取り除いた。俺たちは怒鳴り込むとともに前回に倍する土のうを同じ川べりに積んだ。下の町の若い衆はまた取り除く。小競り合いが続き、どうなることかと、気の弱い俺ははらはらしながら成り行きを見守っていた。そこへ仲裁に乗り出してきたのが元上木場消防団員の早川ミツヨシだった。彼はものわかりのよさそうな語り口で諭した。

「こがん大事か時に上と下で争うちょってもどうがんならん。山が落ち着くまじゃ、一丸となってやらんば。喧嘩はやむうで」

彼のとりなしでいがみ合いは治まったかに見えた。ところが、下の町の公民館でその若い衆らと顔を合わせるうちにまた角突き合いが始まる気配があった。そんな時、今度はおそらく下の町の有力者の差し金だったのかもしれないが、また も早川が何のかんのと言ってきては俺たちの気持をかき回すのだった。

「わいたちゃ、こがん下の町に引っ込んどって土石流の監視の出来っとか？ 自分の里の者ば守りゆっとか？ わいたちの親や嫁さんは、たばこの芯止めでちょこちょこ上の畑に行きよるじゃろもん。唯一の収入源じゃけんのう、いくら止めても行かずにゃおれんじゃろ。わいたちゃ、そん衆たちば守らんばじゃろもん？ こんままじゃわいたちゃ役立たずのへなちょこたい」

毒のある早川の言葉は俺たちの胸に刺さった。確かにそのとおりだ。切れたままのワイヤーセンサーはまだ復旧していない。里人を守るには俺たちが上流で警戒するしかすべはない。しかしいつ倒れてもおかしくないほど皆、疲れ果てていた。この疲労を押してどこまでやれるかが問題だった。俺は考え込んだ。誰も何も言わない。しばらくたって、

「早川さんの言う通りたい」

声を上げたのは彪だった。

「こがん下に居っても自分たちの家族は守れんばい。そうは思わんね？」

これに反対する者はおらず、それぞれが同意の意見を口にした。

——じつは、俺の奥さん、毎日車で上がってたばこの芯止めや鶏の餌やりばしよる。下着の替えも取りに帰りよる。

——特にあしたは選挙の日ばい。投票用紙ば取りに帰る者が多かじゃろな。ほんと、消防団の俺たちがこがん下の、管轄でもなか所に居ってても役にゃたたんたい。

「皆がそう言うなら、上木場に戻らんばやろ。よかな？　直ちゃん」

同意をうながす分団長に俺は首をゆっくり横に振った。

「俺は戻りとうなか。火山観測所の学者が入るなって、警告しちょっとよ。だけん俺たちゃここに移ってきたとやろもん」

するとと皆はまた口々に説得してくるのだった。

――直治ん家はたばこばしよらんけんわかってくれんとたい。俺たちゃ、葉たばこ専業ぞ。一年分の収入のこれ一つにかかっとっとぞ。

――火砕流の危なかちゅうが、学者はいつでん大袈裟に言うもんな。そがんあわてて逃げんでどうあっか。

――山の様子ばよう見ちょって、火砕流の来たら早めに逃ぐればよかろもん？

――直ちゃん。臆病風ば吹かすとは、そろそろやめてくれんば。俺たちゃ迷惑ばい。

――下ん町はきょうから解除じゃけん、一家総出で芯止めばしよるじゃなかね。そいば見て上木場ん衆もじっとしておれんで畑に行きよるたい。そういう里ん衆ば守らんでよかとね？

それにとにかく山望荘は水無川より百メートルは離れているし、高台にあるから安全だとの説得に俺もとうとううなずいたのだった。彼らと同じく俺もこの時、心配していたのは土石流のことで、集落に接近している火砕流については楽観していた。こうして、しぶる市本部の了解を無理やりとりつけ、市議選投票日の二日午前中、俺たちは上木場の山望荘に詰め所を戻した。

「あの時、もうちょっと粘って反対すればよかったと反省しているよ。早川さんの居らん所でもっとじっくり話し合えば、違う結論になったと思う。詰め所を上木場に移すことはなく、消防団は死なずにすんだかもしれない。団員でもない彼の影響下にあった当時の団は、組織として異常な状態だったんだ」

ここまで話したところで俺は、隣に座る普美雄の方を見た。彼は小さな吐息を漏らしつぶやいた。

「そうかぁ。僕の父は、率先して火の中に飛び込んだ夏の虫だったのかぁ」

気落ちした面持ちの彼に俺は言った。

「きみの父親ばかりでなく、あんな大きな火砕流が来るなんてさ、あの時、誰も予想してなかったんだよ。家族や古里の人を自分たちが守らなければ、という一心だったのさ。それに遅れている葉たばこの芯止めは何としても急ぐ必要があったらしくてね」

「それはわかりますけど」

普美雄は、何ともいえない憂わしげな目つきをして言う。

「亡くなったあの早川のじいさまがそんなボスだったなんて……子どもに優しい人だったけどなあ」

俺はそれには答えず、ここらで消防団慰霊碑の建つ海辺の公園に行って見よう、と提案した。ここに長くいると、彪たちの嘆き、呻きがあっちからもこっちからも聞こえてきていたたまれなくなるのだった。

七

普賢岳を正面に見据えて立つ慰霊碑は、全国から寄せられた消防団の義捐金で建てたものだ。もう二度とあんな犠牲者を出してはならない。そう念じつつ手を合わせていると、普美雄のいまいましそうな声が耳に入った。

「僕の父は、金文字の名前のひとかぁ。でもさ、死んでから持ち上げられたってなぁ」

俺は、はっとして顔を上げた。普美雄は、威風堂々と建つ五メートルもの慰霊碑の後ろに回り、下方を見つめていた。そこにはあの大火砕流で亡くなった十二名の名前が刻んである。やおら立ち上がると俺は言った。

「確かにね。きみに言われるまでもなくその明朝体の金文字ってのは、素朴だった彪さんたちにはぴったりこない気がするよ」

「おじさんもそう思いますか」

「うん。しかし、この碑の形はいいな。血気ざかりだった彼らの、かつての立ち姿を思わせるもん」

「そうかなあ」

眩しそうに手をかざして普美雄は自分の背丈の三倍もの高さの慰霊碑を見上げた。いつまでもその姿勢を崩さない普美雄に俺はちょっとためらいつつ話しかけた。

「じつは俺、いま手を合わせて彪さんに謝ったんだ。自分だけ助かってごめんなって。ね、きみ、知りたいだろ？　同じ消防団なのに、なぜきみの父親は金文字の名前の人になり、俺はこうして生きているのか」

普美雄はゆっくり顔をこちらに向けるとうなずいた。

「そりゃ、やっぱり。でも恐いな。母さえ語りたがらないその日の地獄については、知らないままの方がいいような気がして」

「そう思うね？」

「そう思わないですか？」

「君には俺は聞いてほしい気がする」

「そうですか。僕もほんとは聞かしてほしいです。この有明海と向き合いながらだったらどんな生々しい話も受け止められそうですから」

「じゃ、公園の端っこのベンチに行こうか」

先に立って歩き、屋根付きのそれに向かい合って腰を下ろすと、どこから話そうかと言葉の糸口を探す。気をきかした普美雄が自動販売機で買ってきたコーヒーを差し出した。

それを一口飲み、頬のあたりに熱っぽい視線を感じつつ、

「その日は朝から時々思い出したように雨がやんだり、また降り出したりする日だったよ」

と語り出した。

「そう。雨雲の垂れ下がった普賢岳は五合目から上はまったく見えなかったな」

ここまでしゃべって、またコーヒーを一口飲んだ。すると普美雄がもどかしそうにせっついてくる。

「おじさん、天気のこととかは省略して下さっていいですから。当日のおじさんの動きを中心にしゃべって下さい」

「そうは言ってもきみ、当日の雨とかがあの被災につながったかもしれないんだよ。それに、流れからして前日のことにも触れておこうかな」

そう抗弁し、俺はしばらく沈思、前の日の六月二日、山望荘に戻った日の記憶をたぐりよせる。

古巣に戻って俺たちがまず決めたことは、昼間の警戒をこの日から半数ずつの当番制にすることだった。そうすれば、非番の日には葉たばこの芯止めなど農作業ができるからだった。最初の割り振りでは、この日、俺は非番で、次の日が当番になっていた。俺は困った。三日の月曜日には欠かせない仕事が入っていたか

らだ。代わってもらえないかと彪に相談すると、

「直ちゃんと代われば、俺、きょうは畑に行けるたい。芯止めば急いじょるけん、かえって助かるばい」

と快く承諾してくれた。それで、この日の午後、俺は上木場橋のたもとで土石流の川見張りにつき、彪は畑仕事のため家に戻った。ただし夕方には全員が山望荘に集合、いつものように市が配ってくれた弁当を広げた。早川が冷蔵庫いっぱい、缶ビールを差し入れてくれたこともあり皆の表情はいつになく和んでいた。

そしてとうとう六月三日のその日が来る。午前六時に起床した俺たちは朝食の弁当をそろって食べた。そのあと当番十人あまりを残し半数はそれぞれ働く場所に向かった。彪と入れ代わり非番にしてもらった俺もその一人だったが、外に一歩出て、何か気味悪い天気だなと感じた。雨がしょぼしょぼ降っている上に蒸し暑さが格別で、俺は今しめたばかりのネクタイを思わず緩めずにはいられなかった。ごろごろと山鳴りがしており、普賢岳が半分以上姿を隠しているのも不気味

だった。天気予報では、大雨、洪水、雷、波浪、濃霧注意報が出されており、この日の当番はまったく視界がきかない中での土石流警戒になるのである。この時、俺が心配していたのは直径二、三メートルもの巨岩が転がり下りてくるあの土石流のことだった。川見張りのため出てきた彪に俺は謝った。

「きょうは代わってもろうてすまん。山ん雲の五合目までかかっちょるけん雨ん降るばい。気をつけにゃん」

すると彪は、憔悴して青黒く見える顔をちょっとほころばせて答えた。

「何の。危なか時ゃ、さっと逃ぐっさ」

「じゃあな。仕事の片付き次第、またすぐ上がって来っけん」

そう言って車に乗り、顧客のもとに急いだ。打ち合わせをすませ、事務所に立ち寄ると、たまっていたデスクワークを一気に片づけた。遅い昼食をとり、スタンドで車のガソリンを満タンにしてもらっている時だった。

連続して小さな爆発音が聞こえたかと思うと、稲光がして、あたりが夕方のように薄暗くなってきた。何か異変が起こったのか？　車に飛び乗ると、上へ上へと急いだ。狭い抜け道を行き、山望荘下の道路で車を降りようとした時だった。どーんという もの凄い爆発音がした。大土石流の発生だ。そう思った俺は動転し、とっさにハンドルを握るとUターンした。この時バックミラーには水無川の方に駆け下りてゆく青い雨がっぱの団員たちの姿が映っていた。朝から断続的に雨が降っており、彼らは土石流を一番警戒していたはずだ。川の様子を見に行こうとしていたのに違いない。最後尾を走っていく太めの団員、あれは確かに彪だったと思う。猛スピードで駆け下る俺の耳に、「逃げろーっ、逃げろーっ」血を吐くような絶叫が耳に届いた。あの声。やはり彪だった気がする。あっと言う間にあたりは夜のように暗くなった。登り口まで来た時、熱風の先端に追いつかれたのか、黒い煙にすっぽり覆われてしまった。あたりは真っ暗で何も見えない。ふり向いた時、真っ赤な石が俺の車に向かって飛んできた。リヤウィンドウが破れ、吹きつける熱風に思わず叫び声をあげた。これでもう終わりだと観念した。それでも夢中で、石垣に何度も車をぶつけつつ、何とか下の町まで逃げた。ところが、ふりそそぐ大量の火山灰のせいで、辺りはいつか泥の海と化し、ついにワイパーが利かなくなった。車は乗り捨てるしかない。バックミラーに映っていた彪たちのことが急に心配になってきた。彼らは大丈夫だろうか。俺はなぜ彼らとともに行動しようとせず、Uターンして逃げてきたのだろう。いくら恐かったからとはいえ、自分のとったとっさの行動は団員として軽率だったと思えてならなかった。車の後部座席に積んだ防災服に急ぎ着替えると、徒歩で上木場を目指した。とにかく仲間たちのことが気がかりだった。ちょうど通りかかった県警のワゴン車がそういう俺を拾い上げてくれたのは幸いだった。警察官とともに緊急避難を呼びかけながら進んだ。しばらく行くと、上から赤い車、消防自動車が下りてきた。

その荷台に横たわっていたもののことはあまりにも生々しすぎて言葉にならない。それは真っ黒に焼け焦げた、頭髪も衣類も着けていないヒトの形をしたものだった。顔は誰が誰やら分からない。それどころか男女の区別さえつかない……。

この中にもしや彪たちがいるのではないのか。思っただけで全身がふるえてきた。登り口まで来ると、これから上は危ないからと行くのを止められた。まわり道をして上木場が見える所まで上がってみて、息を呑んだ。そこには見渡す限り灰色の世界が広がっており、家のあった所が赤々と燃えていた。わが家のあったあたりにじっと目をすえたまま俺はつかの間ぼう然としていた。しかしすぐに我に返る。こうしてはいられない。彼らの安否を確かめなければ。負傷者の収容先である島原温泉病院へ駈けつけた。入口には、だれが履いていたのか、焼け溶けたゴム長靴などが放置されており、負傷者はひどい高温に曝されたことを示していた。収容された負傷者の中に、彪ら団員数名の名前があった。必死の救命治療が行われていると聞き、後はただ生きてくれと祈るばかりだった。

面会は家族だけにしか許されなかった。後で彪の母が泣きながら言っていた。

「あがんまで人間の顔が腫れるもんやろか。目の前に居るとが人間とは、ましてや自分の息子だとは思えんかった」

まつ毛も眉毛も焼け、口は、もうこれ以上は腫れることもないだろうというほど、そう三倍ほどにも膨れ、耳は真っ黒に焼け焦げていた。二度目に会った時は、頭から足の先まで包帯でぐるぐる巻きにされ、身動きひとつせず横たわっているだけだった。

俺たちの祈りの甲斐もなく被災した団員は一人、また一人と、あの世へ旅立っていった。通夜と葬式が何日も続き、残された遺族、特に幼子の姿は見るに忍びなかった。

彪の場合、最後の顔も身内しか見ることを許されなかったが、彪の母親は「こがん人間じゃなかごたる姿にされてしもうて」と泣き崩れ、その背を支える峯子も必死に嗚咽をこらえているようだった。

一気に到達距離をのばした午後四時八分のこの大火砕流は、上木場の集落を焼き尽くしただけでなく彪たち十二名の消防団の命を奪った。それだけでなく葉たばこの芯止めのために入域していた里人やマスコミ関係者、火山学者など合わせて四十三名をその恐ろしい熱雲の餌食にした。後で知ったことだが、雲仙岳測候所の地震計はこの日の午後二時近くから火砕流と思われる震動波形を連続して観測していたそうだ。避難所にいた母の話によると、午後三時半ごろ、こんなにたくさんいたのかと思うほどの鳥の群れが一斉に南の方に飛んで行くのを見たという。鳥たちはおそらく山の異常をいち早く察知したのだろう。いや鳥たちだけではない。前日当選したばかりの、たばこ耕作組合推薦の市会議員などは二時頃の火砕流の時点で、下の町の自宅で行っていた当選祝いの席を立ち、自分だけどこかへ遁走したと聞く。この議員はおそらく火砕流の恐ろしさをとっさに感じ取ったのだろう。

この被災のあと、六月七日に市は上木場の里などを法的強制力のある警戒区域に指定した。これで、里人はどんな理由であれ立ち入りがきっちり禁止されたことになる。

今さら言ってみても仕方がないが、火砕流の危険が出た時点でその設定がなされていれば、彪たちは死なずに済んだと思う。法的に禁止されている所へは里人も入らない。守るべき者たちのいない危険区域からは消防団も当然退いていただろう。

下の町近くまで襲う火砕流や海まで達する土石流など、その後も普賢岳は責めの一手をゆるめなかったが、水無川流域で新たな死者が一人も出なかったのは彪たちの犠牲があったからに違いない。

「こういう経過だったんだよ。俺が当番を代わってもらわなかったら、おそらく俺が金文字の人になり、きみの父親は死なずに済んだかもしれない。どうだい？

こんな俺をきみはとても許せないだろうね？」

どんな悪罵がとんでくるかと覚悟しつつ普美雄の顔をそっと見る。すると彼は穏やかな表情でゆっくり首を横に振った。

「いいえ。だって、おじさんと僕の父が当番を代わったこと、悪い結果ばかり招いたわけじゃありませんから。二日に家に戻れたから父は、母との時間が久しぶりに持てて、それで僕が産まれたんじゃありませんか」

それを聞いて、俺は「あっ」と思った。そうか。目の前にいるこの若者はそのお陰でこの世に誕生することになったのだ。胸の鼓動が急に高まるのがわかる。長い間心にわだかまっていたことを俺は今、この若者に語りたくなった。

「普美雄くん、きみがそう言ってくれて、俺は救われるよ。実は俺、彪さんの死が一生の借りのように思えてね、自分が生きているのが後ろめたくてならなかったんだ。自分の都合で死なせてしまったようでさ」

すると普美雄は、ちょっと驚いたような表情を浮かべ、意外にもあっさりとこう言ってくれた。

「何をそんな。父たちは大自然の凶暴な営みに呑み込まれたんですよ。それに今聞いた話ではおじさんが反対したのに父は率先して上に上がっていった人間だったんでしょ？　それに母の話では、病院に運び込まれてまだ意識があった時、『他の仲間は助かったか』って、そのことだけを気にしていたそうです。そんな父がおじさんを逆恨みすると思いますか？　そりゃ、ほんの些細なことが人の運命を変えることはあるけど、おじさんのせいで父が被災したなんてそんな思い込み、僕にとっても好もしいことじゃありませんね」

そしてちょっと間をおいてこうも言った。

「父たちが拠点を上木場に戻したのは、土石流の警戒に加え、自分の家の農作業をするためもありましたよね。たとえ三日が非番でも、父は上木場を離れず、おそらく葉たばこの芯止めに精を出したんじゃないかなあ。そしてその最中に被災していますね。おそらく」

「そう思うね？」

「そう思いませんか？」

再びそのやりとりを繰り返し、しばらく二人は無言だった。沈黙を破ったのは普美雄だった。それまでとは違った子どもっぽい口調でこんな問いを発する。

「僕ね、小っちゃい頃、父のことをよくどんな人だったのって母に尋ねたんです。

そしたら、自分のやってる農業に誇りと夢を持っていて、スポーツは万能、野球チームの四番バッターだったよって。それに大飯食らいだったそうですが、ほんとですか?」

そうか。この若者は会ったことのない自分の父親のことをもっとよく知り身近に感じたいのだ。それを察した俺は、彪のことを思いつくまま語ることにする。

「確かに、こう言っちゃなんだが、あんなのを牛飲馬食と言うらしいが、彪さんは桁外れだったよ。いつも丼飯三杯は食ってたからね。だからその分、馬力があってさ、人の何倍も活発に動いていたな。朝早くから夜遅くまで。だから俺は、そんな彪さんを見ていると自分が軟弱に思えてね、精力的な彼を羨んだものさ。見かけもさ、背は高くてもひょろっとしている俺と違って彪さんは縦も横も大きかったもんね。それに竹を割ったようにすかっとした性格でさ、ずけずけものを言うしね、厳しいところもあったけど、俺は子どもの頃から彼を兄のように慕っていたよ。それはやっぱり心があるっちゅうか面倒見のいい人だったからさ」

こちらに向けられている熱っぽいまなざしに押され、俺は続ける。

――何よりきみの父親は、先の読める優れた農業家だった。あの頃からもう葉たばこは将来性がどうも心配だ、と語っていた。柿と梅に転換したいからと準備をすすめ、一緒にやろうと誘われていた。品質に徹底してこだわり、できれば無農薬で作りたいと張り切っていた。そんな夢を語る時、きみの父親はきみが火山の話をする時のようなそんな生き生きした表情をしていた……。

一段落すると、普美雄はちょっとまぶしそうな目をして言った。

「おじさんの話から、若い日の父の姿がほうふつとしてきました。きょうはおじさんと会えてよかった」

それに対して俺もこう返す。

「きみに会えて、長い間の頸木が解かれた気がするよ。彪さんへの借りが軽くなったようでさ。で、きみがずっとここに住みたいってのはほんと？」

普美雄はうなずいた。

「なぜなら僕、どうしても火山のある所に住みたいからです。ただし大学院に籍は置いときたいな。仕事は土木作業員でも母の店の皿洗いでもいいと思っています。住民の一人として働きながら火山の研究を続けたいんです」

しゃべるにつれ、またその目が熱っぽくうるんでくる。彪の生まれ変わりを見ているような思いで俺は心を開いてその言葉を聞く。

「……噴火予知の活動で住民の命が守れたらいいなあと思うし、火山がもたらす湧水とかの恵みをもっと生かすには、この僕に何か出来ることがないか、考え始めています。そうです。僕がこの地にこだわるのは、僕にとっての『血のふるさと』ということもありますがそれだけでなく、火山国に生まれた者として火山との共生の道を探りたいからです……」

普美雄の声を聞いているうち、だんだん俺は自分が失った若い日を取り戻していっているような気がした。火山との共生。それは俺がいつも考えていることだった。

思えばあの日以来、俺は偶然助かったこの命を何か古里の人々のために生かしたいと願っていた。しかし今一つ集中できなかったのは彪への負い目が心を重くしていたからだ。自分の生きて在ることに引け目を感じる者は、何事にも積極的になれないのではないだろうか。これからは若い彼に引けを取らないよう、かつての若者の俺も、ここらで仕切り直しをしたいものだ。何かを感じ取ったらしい普美雄が問いかけるような眼差しをこちらに投げる。右手を差し出す。俺はひとつまばたきをすると、差し出されたその手をぎゅっと握りしめた。

初出一覧

谷間にて　『民主文学』二〇一七年三月号

噴火のあとさき　書きおろし

お断り
作品は虚構であり、実在の個人、団体とは関係のないことをお断りいたします。

資料

左記は「西日本女性文学研究会」が二〇一六年二月に発行した「西日本女性文学案内（有限会社花書院発行）」にある著者大浦ふみ子の作家別記述です。

大浦ふみ子　おおうらふみこ　小説家。昭和一六年（一九四一）一〇月一日〜。長崎県佐世保市生。本名塚原頌子。父村田勇（宇和島市出身）、母塚原常代。兄と弟がいる。長崎県立佐世保北高等学校卒。昭和三六年（一九六一）一〇月長崎放送局に就職。平成一四年（二〇〇二）定年退職までマスコミの現場で働きながら書いた。昭和五四年、日本民主主義文学同盟（日本民主主義文学会）に加入、『民主文学』を拠点に作品を発表。「現実にあきたらない物があるから、『創る』という表現方法を求めた」という。五二年、里繁次と結婚。佐世保に四〇年近く住んだ後長崎市に移り住む。作品は、長崎県を舞台とし、そこに発生した問題を題材にして、「そこに生きる人びとの生活の実相を浮かび上がらせるものが中心である」（岩渕剛）。五三年の『赤旗』創刊五〇周年記念の文学作品募集で佳作になった「夫婦船」（文化評論）では米軍に海を奪われたため密漁しないと食べていけない佐世保の漁師たちを描く。その後造船所を舞台にした作品として「基地の中の造船所―佐世保重工・SSKでは」（『民主文学』、昭和五五・一一、以下特記なき場合は「民主文学」掲載）等五編。被爆者の癒しがたい体と心の傷を描いた作品として「長崎原爆松谷訴訟」（平成二・一〇）等九編。雲仙・普賢岳災害をテーマにした作品として「火砕流」

（平四・一）等三編。「有明訴訟のこと」（「ながい金曜日」所収、平一八・五、光陽出版社）。ごみ焼却場のダイオキシンに言及した「男たちの暦」（平九・四）。「人間として生きることを阻むものへの強い憤り」（乙部宗徳）を核にした作品として「山椒の芽」（昭六〇・一二）等五編。戦争のない世界を希求した「匣の中」（平一六・四）。子どもたちの変容を描いた「絵本の部屋」（「長崎民主文学」平一一・八）。職場での受動喫煙を指摘した「けむりと光」（平七・三）は「火砕流」とともに問題の早期作品化が顕著。全く別系列の作品には作者の分身が現れる。「蕁草の里」（昭五九・七）と「小雪の朝」（『ながい金曜日』所収）では、戦争によって隔てられてしまった父と子のその後を振り返る。「おとうと」（平一四・九）には八歳で夭折した弟への哀切な思いが綴られている。この三編は、細部がリアルに書き込まれ、心に残る作品である。平成二三年三月以降、『歪められた同心円』（平二三・三、本の泉社）、『原潜記者』（平二四・一二、光陽出版社）、『ふるさと咄』（平二六・五、同上）と被爆・原発等核をモチーフにした作品が多い。

【参考文献】乙部宗徳「目の前の今を描く」（『匣の中』平・一六・五．光陽出版社）、岩渕剛「大胆さとリアルな眼と」（『夏の雫』平二三・三、光陽出版社）

（野本泰子）

大浦ふみ子（おおうらふみこ）

本名／塚原頌子（つかはらしょうこ）
著書に『火砕流』『長崎原爆松谷訴訟』『ひたいに光る星』（青磁社）、『土石流』『匣の中』『ながい金曜日』『夏の雫』『原潜記者』『ふるさと咄』『埋もれた足跡』『サクラ花の下』（光陽出版社）、『女たちの時間』（東銀座出版社）、『いもうと』（葦書房）、『歪められた同心円』（本の泉社）、『原爆児童文学集』（共著、「和子の花」所収）など。

噴火のあとさき

2018年1月1日　初版発行

著　者／大浦ふみ子
発行者／明石康徳
発行所／光陽出版社
〒162-0818　東京都新宿区築地町8番地
TEL 03-3268-7899　FAX 03-3235-0710

印刷・製本／株式会社光陽メディア

ISBN978-4-87662-607-6　C0093